ALMA NEGRA

Joseph Conrad

ALMA NEGRA

Traducción de Juan Luis Romero Peche
Prólogo de Antonio Molina Flores

EDICIONES
ESPUELA
DE PLATA

Diseño de cubierta: Equipo Renacimiento

1ª edición: diciembre de 2006
2ª edición: agosto de 2013
3ª edición: enero de 2026

© Traducción: Herederos de Juan Luis Romero Peche

© Prólogo: Antonio Molina Flores

Depósito Legal: SE 3611-2025

Impreso en España

© 2026. Ediciones Espuela de Plata

ISBN: 978-84-19877-69-7

Printed in Spain

PRÓLOGO

SOBRE ALMA NEGRA

*S*UBIR *por la gran serpiente que forma el río Congo, hasta el corazón de la oscuridad, es descubrir el abismo de nuestro interior, nuestra alma negra. Joseph Conrad, detrás del narrador, y distanciado del lector a través de Marlow, nos cuenta algo de la terrible historia que debió vivir en 1890, cuando viajó con la* Société Anonyme Belge pour le Commerce du Haut-Congo, *propiedad personal del rey Leopoldo II, en las aguas dulces de un río emponzoñado por la avaricia de los buscadores de marfil, avanzadilla de ese modo de civilización depredadora que llamamos colonialismo. Viaje al horror. Al centro del horror. Al centro del alma de una cultura que se descubre negra. Como, en otro sentido, son negros los legítimos dueños de las riquezas que se usurpan. Esos hombres dóciles, silenciosos e indolentes a los que se tortura sin motivo. Esas mujeres gráciles que interrogan desde la profundidad de unos ojos que nada comprenden, porque no* hay nada que alguien les pueda explicar: el sacrificio inútil de miles y miles de elefantes cuyo único delito era tener unas defensas deseadas en la metrópoli para hacer adornos y objetos sin uso ni utilidad.

Con la misma vehemencia con la que Conrad aborda el relato, Juan Luis Romero Peche acomete la traducción. Y lo hace del único modo posible: escribiendo de nuevo la novela. Cada frase, cada palabra, más allá de la precisión asombrosa en el sentido, forman parte de una sinfonía de matices, de modulaciones, de ritmos, en atención a lo que Marcel Duchamp llamaba lo infraleve.

Desde esta legitimidad interpreta Romero Peche el título de la obra, que generalmente se ha llamado El corazón de las tinieblas, pero también podía haber sido El corazón de la oscuridad (Heart of Darkness) y que Francis Ford Coppola traduce al cine como Apocalypse Now.

Con la publicación de esta obra, Ediciones Espuela de Plata quiere rendir homenaje a uno de sus escritores. Poeta, autor de varias obras teatrales breves, ensayo, relatos y novela. Es en los libelos en los que destacaban su acerada inteligencia y su ironía (Contra los estetas), pero son más conocidos sus libros de relatos: Física & Química, S. L. o Las mudanzas, ambos en la Colección Los cuatro vientos, de la editorial Renacimiento.

También autor de varias obras que publicó anónimas, entre las que sobresale la Brevísima crónica del Teatro Real de Sevilla, *obra deliciosa y sin desperdicio donde conocemos las andanzas de personajes atrabiliarios como Sagrario de Algeciras (Almodóvar todavía trabajaba en Telefónica), en una Alameda de Hércules que roza el mito.*

Pero hay que decir que la persona que hubo detrás del traductor superaba, en singularidad, a todos los personajes de su ficción. Una vida llena de humor, distancia y autoparodia. No es de extrañar que fundara el **Comando Anti-necios Ignatius J. Reilly.**

Del autor de la obra, recordemos tan sólo que había nacido Teodor Jòsef Konrad Korzeniowski (1857-1924) en una Polonia que hoy es Ucrania. Hasta los treinta y seis años no había escrito una sola línea para la imprenta, pero en 1894, tras la publicación de La locura de Almayer, *decidió convertirse en novelista a tiempo completo. Escribió en una lengua que años antes le era completamente ajena. Un amor decisivo. Fue marino durante más de veinte años y renunció al título de Sir. ¿No es su rostro el que vemos aparecer en esta obra, cuando el narrador presenta a Marlow?:* «Tenía las mejillas hundidas, aspecto cetrino, la espalda tiesa y un aire ascético…».

En palabras de Borges estamos ante una obra maestra: «Acaso el más intenso de los relatos que la imaginación humana ha labrado».

ANTONIO MOLINA FLORES

11

UNO

LA calma era casi absoluta. Sin un solo aleteo en las velas, la goleta «Nelly» descansaba mecida suavemente. La marea subía y apenas había viento; en esas circunstancias, teniendo que ir hacia el mar, sólo quedaba esperar el cambio de corriente.

El Támesis se extendía ante nosotros como un camino sin fin. El cielo y el mar se soldaban sin diferencia en el horizonte, y el espacio pulido estaba lleno de curtidas velas de gabarras llevadas por la corriente que se agrupaban en masas picudas salpicadas por el barniz brillante de alguna botavara.

Las orillas supuraban una flama que se deshacía al llegar al mar. El aire se oscurecía sobre Gravesend y, algo más lejos, parecía condensarse en un ceño enlutado que amenazara inmóvil a la ciudad más grande y más grandiosa de la tierra.

El director de la compañía era nuestro anfitrión y nuestro capitán. Los cuatro lo mirábamos por detrás con cariño mientras estaba apoyado en la amura. No había en todo el río nada ni la mitad de marinero que él. Parecía un piloto, que para un marino es la confianza personificada. Al verlo se hacía difícil creer que su trabajo no estaba allí, en el estuario abierto, sino tras él, encerrado en la oscuridad.

Como ya he dicho alguna vez, todos estábamos unidos por el lazo del mar que, además de mantenernos juntos los corazones pese a largas ausencias, tenía el efecto de hacernos tolerantes a las historias, incluso a las convicciones, ajenas. El «Abogado», el mejor de los viejos, se había ganado a fuerza de años y virtudes el único cojín de a bordo, y estaba tumbado sobre la única alfombra. El «Contable» ya había sacado la caja del dominó, y jugueteaba con fichas haciendo arquitecturas. Marlow se había sentado con las piernas cruzadas echado en el trinquete. Tenía las mejillas hundidas, un aspecto cetrino, la espalda tiesa, un aire ascético y, con los brazos lánguidos y las palmas de las manos hacia fuera, parecía un ídolo. El director, satisfecho con el asiento del ancla, vino a sentarse con nosotros. Cambiamos desganadamente algunas palabras; luego se hizo el silencio. Por una u otra razón, aquella partida de dominó no empezó nunca. Estábamos meditabundos y dispuestos sólo a la contemplación. El día se iba acabando con una serenidad plácida y brillante. El agua refulgía; el cielo, inmaculado, era una bendición intensa de luz pura; la misma neblina de las marismas de Essex parecía una gasa translúcida que hubieran tendido en los bosques del interior y colgara con pliegues diáfanos hasta la orilla. Sólo la oscuridad de poniente, amenazadora río arriba, se iba volviendo más y más negra a cada instante, como si estuviera enfadada ante la proximidad del sol.

Y por fin, declinando en una curva imperceptible, el sol se hundió tras mudarse de un blanco cegador a un rojo oscuro sin calor ni rayos, como si se fuera a apagar de pronto, herido de muerte por el roce de aquella oscuridad que se cernía sobre masas humanas.

Simultáneamente, hubo un cambio en las aguas y la serenidad se volvió menos brillante y más profunda. El viejo río y su viejo lecho descansaban sin alboroto al atardecer, tras siglos de prestar servicio a la raza que poblaba sus orillas, y fluía con la lentitud digna de un canal que conduce a los confines más remotos de la tierra. No contemplábamos esa corriente venerable con el ardor de un instante pasajero, sino con la calma madura del presente eterno. Y, la verdad, es que no hay nada tan fácil para los que hemos, como suele decirse, «seguido al mar» con afecto y respeto, que evocar en el bajo Támesis a los espíritus del pasado. La marea que sube y baja con su fidelidad incesante, está impregnada de recuerdos de los hombres y barcos que ha traído a descansar o se ha llevado a luchar en el mar.

Por allí han ido y venido todos los barcos que han engastado sus nombres en la noche de los tiempos… Desde «The Golden Hind» a su regreso con las bodegas cargadas de oro para ser visitado por la reina y entrar así en la leyenda, hasta el «Erebus» o el «Terror», ocupados en otras conquistas… y que nunca volvieron. El Támesis conoce a los barcos y a los hombres. Hombres que zarparon de Depford, de Greenwich, de Erith… Aventureros y colonos; miembros de la Armada y simples chamarileros; capitanes, almirantes, oscuros arribistas del comercio, y los encargados generales de las Indias Orientales. Buscadores de oro

17

o cazadores de fama, todos fueron arrastrados por esa corriente llevando la espada y, no pocas veces, la antorcha; mensajeros del poder que llevaban chispas del fuego sagrado de la metrópoli. ¡Cuánta grandeza han llevado los flujos de ese río hasta los misterios de una tierra desconocida! Sueños de hombres, semillas de la Commonwealth, el germen del Imperio...

El sol se puso; se oscureció el río y empezaron a verse las luces de tierra. El faro de Chapman —una especie de trípode levantado en un bajío fangoso— brillaba con fuerza. A lo lejos se veían subir y bajar las luces de los barcos. Y, más a poniente, el lugar de la ciudad monstruosa aparecía marcado en el cielo como una amenaza bíblica: una nube oscura durante el día, y luminosa de noche.

'Pues esto también', dijo Marlow sin preámbulos, 'ha sido una de las zonas oscuras del mundo'.

Marlow era el único de nosotros que aún «obedecía al mar». Lo peor que podía decirse de él es que no representaba en absoluto a su clase. Era marino, pero también vagabundo, mientras casi todos los marineros llevan, si es que puede decirse así, una vida sedentaria. Tienen mentalidad hogareña, y su hogar —el barco— está siempre con ellos; y tampoco se mueven de su patria, que es el mar. Cualquier barco se parece a otro, y el mar es siempre el mismo. En ese entorno inmutable, las costas extranjeras, las caras extrañas, la cambiante inmensidad de la vida, les resbalan. No ocultas por el misterio, sino por un tenue desdén ignorante; porque para un marino lo único misterioso es el mar, que es la mujer de su vida y algo tan insondable como el Destino. Por lo demás, después de su jornada a bordo, un paseo sin rumbo o una cana al aire echada en tierra es más que suficiente para desvelarle el secreto de todo un continente, y… por regla general encuentra que el secreto no era para tanto. Las historias que cuentan los marinos, son de una simplicidad directa, y todo su sentido cabe en dos palabras. Pero, dejando aparte su inclinación a contar historias, Marlow no era típico y, para él, el sentido de un episodio no estaba dentro, como el hueso de una fruta, sino fuera, envolviendo a la historia que lo revelaba igual que a un relámpago le sigue el trueno en esas atmósferas cargadas que preludian tormentas.

Su observación no sorprendió a nadie. Las cosas de Marlow se aceptaban en silencio. Ninguno se tomó siquiera la molestia de gruñir, por lo que siguió muy despacio…

Pensaba en la antigüedad, cuando llegaron aquí los romanos hace casi dos mil años. Antes de ayer, como quien dice… Entonces, decía, esto era una de las zonas oscuras del mundo. La luz le llegó a este río con ellos. Sí; pero esa luz es sólo como un resplandor que recorre una llanura, o como un rayo entre las nubes. Vivimos en esa luz breve y ¡ojalá dure mientras ruede el mundo! Pero ayer mismo esto era una zona negra. Imaginaos los sentimientos del capitán de uno de esos trirremes, o como se llamen, en el Mediterráneo, al que de pronto lo destinan al norte; cruza aprisa las Galias; se pone al mando de uno de esos cascarones que los legionarios –que debían ser una gente habilidosa– construían en un par de meses a cientos, por lo que he leído. Imagináoslo aquí, en el fin del mundo, en un mar de color plomo bajo un cielo de humo, en un barco tan fuerte como el pellejo de una breva, Támesis arriba con provisiones, órdenes o qué sé yo. Bajíos de arena, marismas, bosque salvajes… poco que comer para un paladar refinado, nada que beber excepto agua del río. Nada de vino de Falerno, ni visitas a tierra. De vez en cuando un campamento militar perdido en la espesura, como una aguja en un pajar; frío, nieblas, tempestades, enfermedad, exilio y muerte: la muerte agazapada en el aire, en el agua y entre los árboles. Morirían como moscas aquí. Sí, el buen hombre lo hizo. Incluso lo hizo muy bien, estoy seguro; y sin pensar mucho en ello, excepto, quizás, luego, para jactarse un poco de cómo eran sus tiempos. Esta gente fueron lo bastante hombres para enfrentarse a las tinieblas. Y quizás lo animaba haberle echado el ojo a algún cargo en la flota de Rávena para después, si es que tenía amigos en Roma y lograba sobrevivir al horrible clima. O pensad en un joven de buena familia con una toga, que quizás le daba mucho a los dados, ya sabéis, venido en la comitiva de algún prefecto, o recaudador, o comerciante incluso, para rehacer su fortuna. El joven desembarca en una ciénaga, atraviesa los bosques, hasta llegar a un puesto del interior y allí siente que el salvajismo, que lo absolutamente salvaje, lo ha rodeado… Toda esa vida misteriosa de la naturaleza que anima los bosques, las selvas, y las almas aún sin domar. Para adentrarse en esos misterios no hay ningún camino de iniciación. Hay que vivir en medio de lo incomprensible, que es también lo detestable. Y nuestro joven romano llegaría también a padecer una fascinación que intentaría modelarlo. El encanto de lo que se abomina, ya sabéis. Imaginaos su arrepentimiento creciente, las ganas de escaparse, la desazón impotente, la rendición, el odio…

Hizo una pausa.

'Mirad', empezó de nuevo levantando un brazo desde el codo con la palma de la mano hacia fuera de forma que, con sus piernas dobladas, tenía la postura de un Buda huérfano predicando con vestimenta europea. 'Mirad, ninguno de nosotros sentiría exactamente lo mismo. Nos salva la eficacia, el culto a la eficacia. Pero realmente aquellos muchachos no valían mucho. No eran colonos; y me temo que su administración no consistía más que en exprimir todo lo que podían. Eran conquistadores, y para eso sólo basta con tener fuerza bruta: nada de lo que enorgullecerse, si uno la tiene, porque la fuerza de uno no es más que un accidente derivado de la debilidad de otro. Cogían todo lo que podían por el simple gusto de tenerlo. No eran más que robos con violencia y genocidios alevosos que cometían a ciegas, como es propio de quien agarra la oscuridad. La conquista de la tierra, que mayormente significa arrebatársela a quienes tienen una complexión distinta o las narices más aplanadas que nosotros, no es algo demasiado bonito cuando se mira bien. Sólo la redime la idea. Una idea en sus cimientos; no una pretensión sentimental, sino una idea; y una creencia sin interés en esa idea: algo que se pueda poner en un altar, y adorarlo, y ofrecerle sacrificios…'

Se interrumpió. Las luces flambeaban el río; llamitas verdes, llamas blancas, persiguiéndose, adelantándose, uniéndose, entrecruzándose… y luego separándose rápidas o lentas. El sonido de la gran ciudad se hacía más intenso a medida que caía la noche sobre el agua insomne. Mirábamos el espectáculo, esperando pacientemente; no había nada más que hacer mientras la marea siguiera bajando; pasó mucho tiempo antes de que Marlow volviera a decir con voz titubeante, 'Supongo que recordáis que durante un tiempo fui marinero de agua dulce…' y nos supiéramos condenados, mientras el río vaciara, a escuchar uno de los cuentos sin moraleja de Marlow.

'No pienso aburriros mucho con mis historias personales', empezó —demostrando así la debilidad de muchos narradores que no parecen saber lo que más le interesa a la gente— 'sin embargo, para entender el efecto que estas cosas tuvieron en mí, deberíais saber cómo llegué hasta allí, lo que vi, cómo llegué a ese río y lo recorrí en busca del pobre tipo que os diré. Fue mi destino de navegación más remoto, y la culminación de mi experiencia en todos los sentidos. Como si se hubiesen iluminado con una luz nueva todas las cosas que me rodeaban, e incluso mis pensamientos. Curiosamente, todo aquello fue bastante sombrío. Y penoso. Nada del otro mundo. Ni siquiera muy claro. No, nada claro en absoluto. Y, sin embargo, parecía arrojar una especie de luz.

'Como recordaréis, por aquel entonces acababa de volver a Londres después de hartarme —durante seis años o así— de Océano Índico, Pacífico, Mar de China… Una sobredosis de Oriente, vaya… Y estaba haraganeando, estorbándoos en los trabajos e invadiendo vuestras casas como si portara la divina misión de civilizaros. Fue bonito mientras duró, pero acabé cansado de tanto descansar. Entonces empecé a buscar otro barco… que diría que es lo más difícil del mundo. Pero, si yo quería embarcarme, por lo visto los barcos no querían saber nada de mí. Así que ese juego también empezó a hastiarme.

'Me acuerdo que de niño me apasionaban los mapas. Podía pasarme horas mirando los de Sudamérica, o África, o Australia, y perderme en la gloria de una exploración. Entonces aún había muchos espacios vacíos en la tierra, y cuando aparecía en un mapa alguno particularmente atrayente –y todos lo eran– siempre lo señalaba con el dedo diciendo «Cuando sea grande iré aquí». Creo que el Polo Norte era uno de esos blancos. Bueno, no he ido todavía y no creo que lo haga. Ya no hay encanto. Había otros sitios desparramados en torno al Ecuador, y en cualquier latitud de los dos hemisferios. He estado en algunos, y… mejor no hablamos de eso. Pero había un espacio en blanco, el más blanco, por decirlo así, que era mi favorito.

'En realidad, cuando ocurrió esta historia, ya no era un espacio vacío. Desde mi niñez se había llenado de lagos, ríos y nombres. Ya no era aquél rincón lleno sólo de misterio, un limbo en el que un niño podía soñarse héroe. Se había vuelto un sitio con muchas letras en los mapas. Pero seguía allí un río concreto, un río gigante y poderoso, como una serpiente desenroscada, con la cabeza en el mar, su cuerpo ondulando por un país inmenso, y la cola metida en lo más hondo de aquella tierra. La primera vez que vi ese mapa en un escaparate, me hipnotizó como hacen las serpientes con los pajarillos. Yo era el estúpido pajarillo. Entonces caí en que había una gran Compañía que se dedicaba a comerciar en ese río. ¡Maldita sea!, me dije, no pueden comerciar allí sin algo que flote: ¡barcos de vapor! ¿Y por qué no podía yo conseguir encargarme de uno? Seguí andando por Fleet Street, pero ya no estaba en Londres: se me había metido la idea en la cabeza. La serpiente me había encantado.

'Ya os imagináis que esa gente que se dedicaban al comercio allí era una empresa continental; pero tengo un montón de conocidos viviendo en Europa porque es barato y, según dicen, no tan desagradable como parece.

'Lamento decir que empecé a molestarlos. Esto ya era algo insólito en mí. Sabéis que no acostumbro a conseguir así las cosas. Cuando quiero ir a algún sitio, voy por mi camino y con mis piernas. En otra ocasión no habría creído de mí mismo lo que estaba haciendo; pero entonces, ya veis, sentía que tenía que llegar allí por las buenas o por las malas. Así que les di la lata. Los hombres siempre me decían «Mi queridísimo amigo, bla, bla, bla», y no hacían nada. Entonces, ¿lo creeríais?, probé con las mujeres. Yo, Charlie Marlow, poniendo mujeres a trabajar… para que me consiguieran un trabajo. ¡Cielos! En fin, ya veis que estaba obcecado. Tenía una tía, un alma noble y entusiasta. Me escribió: «Sería delicioso. Voy a hacerlo todo, todo por ti. Es una idea genial. Conozco a la esposa de un alto dignatario, y también a un hombre con mucha influencia en…» etc. etc. Estaba decidida a remover cielos y tierra para conseguir que me nombrasen capitán de un vapor fluvial, si mi interés era ése.

'Conseguí el puesto, desde luego; y lo conseguí muy pronto. Según parece, la Compañía acababa de enterarse de que uno de sus capitanes había muerto en una escaramuza con los nativos. Ésa era mi oportunidad, y al verla de cerca me entró aún más impaciencia por marcharme. Sólo meses y meses más tarde, cuando intenté recuperar lo que quedaba del cadáver de mi predecesor, me enteré que el inicio de la pelea había sido un malentendido sobre unas gallinas. Sí, dos gallinas negras. El capitán

–un danés llamado Fresleven– pensó que lo acababan de timar en un trato, así que volvió a tierra y empezó a apalear al jefe de la tribu. No, no me sorprendió lo más mínimo esto, y que casi al mismo tiempo me dijeran que Fresleven era el ser más educado y tranquilo de esta tierra. Estoy seguro de que lo era; pero ya llevaba dos años allí, mezclándose con la noble causa, sabéis, y probablemente sintió la necesidad de autoafirmarse de alguna manera. Así que la emprendió a palos con el negrazo sin piedad alguna, mientras la gente de la tribu se congregaba atónita alrededor, hasta que uno –el hijo del jefe, según me contaron– desesperado por oír aullar a su pobre viejo, probó a darle un lanzazo cohibido al blanco… que, desde luego, lo atravesó limpiamente entre los omóplatos. Después de esto, el poblado entero desapareció en el bosque esperando que le sobrevinieran toda clase de plagas, mientras el vapor que mandaba el danés se largaba también aterrorizado, al mando del maquinista, creo. Parece que nadie se interesó mucho por los restos de Fresleven hasta que yo ocupé su lugar. A pesar de esto, no pude enterrarlos inmediatamente; aunque no hacía falta: cuando por fin tuve la oportunidad de encontrarlos, la hierba que le había crecido entre las costillas era ya tan alta que ocultaba los huesos. Estaban todos en su sitio. Nadie había tocado al ser sobrenatural tras su caída. También el poblado seguía desierto, con las cabañas pudriéndose huecas, vacías y torcidas dentro de una cerca tumbada. Sin duda era verdad lo de la plaga. La gente había desaparecido. Un pánico demente había diezmado en la espesura a hombres, mujeres y niños, que nunca más volvieron. No sé qué pasó con las gallinas. Supongo que la bella causa del progreso las engulló sin problemas. De todas formas, gracias a esta gloriosa gesta logré mi nombramiento incluso antes de que tuviera ninguna esperanza razonable de conseguirlo.

'Me lancé como loco a prepararme, y a las veinticuatro horas estaba cruzando el Canal para presentarme ante mis patronos y firmar el contrato. En poco tiempo llegué a una ciudad que siempre me hace pensar en un sepulcro blanqueado. Prejuicios, sin duda. No tuve ninguna dificultad para encontrar las oficinas de la Compañía: eran lo más grande que había allí, y la gente sólo hablaban de eso. Iban a regir un imperio en ultramar, y el dinero les llegaría a raudales.

'Una calle desierta y sombría, casas altas, muchas ventanas con cortinas venecianas, un silencio letal, la hierba brotando entre los adoquines, imponentes cocheras a uno y otro lado, inmensos portones cautelosamente entreabiertos. Me escurrí por una de esas rendijas, subí una escalera escamondada y austera, estéril como el desierto, y abrí la primera puerta que encontré. Dos mujeres, una gorda y otra delgada, estaban en sillas de anea haciendo punto con lana negra. La delgada se levantó y vino derecha hacia mí, sin dejar de hacer punto, mirando hacia abajo; y sólo cuando ya pensaba en apartarme, como haría cualquiera ante un sonámbulo, se paró y levantó los ojos. Llevaba un vestido más liso que la tela de un paraguas, y se giró sin decir ni pío precediéndome hasta una sala de espera. Le dije mi nombre y dejé correr la mirada por la habitación. Mesa de reuniones en el centro, sillas escuetas pegadas a la pared. En una de ellas había un mapa llamativo con banderitas de todos los colores. Tenía una gran cantidad de rojo —siempre agradable

26

de ver, porque suele marcar los lugares donde se está haciendo un trabajo serio– bastante azul, un poco de verde, manchas anaranjadas y, en la costa oriental, un trozo morado que señalaba el lugar donde los alegres pioneros del progreso se tomaban alegremente sus alegres cervecitas. Sin embargo, yo no iba a ninguno de estos colores. El mío era el amarillo. Justo en el centro. Y el río estaba allí, fascinante, mortal, como una serpiente… ¡Ostras! Se había abierto una puerta y aparecieron unas canas burocráticas sobre un secretario de expresión compungida que me atrajo con un índice delgado hasta el sancta sanctorum. Estaba en penumbra, y había un pesado escritorio ocupando el centro del despacho. Tras esa estructura emergía una sensación fofa de palidez con levita. Era el gran hombre en persona. Le calculé cinco pies sobre los zapatos, y muchísimos millones bajo el culo. Me dio la mano, supongo; yo murmuré algo vagamente, él dijo estar satisfecho con mi francés. Bon voyage.

'A los cuarenta y cinco segundos estaba otra vez en la sala de espera con el compasivo secretario, que, lleno de desolación e interés, me dio a firmar un documento. Entre otras cosas, creo que me comprometí a no revelar secretos comerciales. Bueno, no voy a hacerlo.

'Empecé a sentirme ligeramente incómodo. Sabéis que no soy demasiado protocolario, y en aquella atmósfera flotaba algo sucio. Era como si me hubieran metido en una conspiración; no sé, algo que no es perfectamente honesto; y me alegré por poder salir. En la habitación de fuera las dos mujeres continuaban haciendo punto febrilmente con lana negra. Había gente llegando, y la más joven iba y venía a recibirlos. La mayor seguía sentada. Sus zapatillas planas descansaban en un escabel, y había un gato dormido en su regazo. Tenía una cofia almidonada, una verruga en una mejilla, y gafas con montura de plata que le cabalgaban en la punta de la nariz. Me echó un vistazo por encima de esas antiparras. La rapidez e indiferencia plácida de esa mirada me turbó. Dos jóvenes de rasgos estúpidos y alegres iban a ser descargados en la sala de espera, y a ellos les dedicó la misma mirada fugaz de sabiduría abstracta. Parecía saberlo todo sobre ellos y todo sobre mí. Me sobrevino un escalofrío irreal e inexorable. Mucho después, y ya muy lejos de allí, pensé a menudo en esas dos guardianas de lo Oculto, haciendo punto para un confortable crespón, una introduciendo, continuamente introduciendo, la otra escrutando con ojos desapasionados por la vejez las caras estúpidas y optimistas de los que entraban. ¡Ave! Anciana tejedora de lana negra. Morituri te salutant. Muchos a los que miraba no volvieron a verla jamás. Ni la mitad siquiera.

'Aún quedaba un examen médico. «Simple formalidad», me aseguró el secretario con aire de compartir intensamente todos mis pesares. Así que un jovenzuelo con el sombrero sobre la ceja izquierda, un escribiente supongo —debía haber escribientes en esa oficina, aunque la casa resonaba tan muerta como cualquier casa de aquella necrópolis— llegó de algún piso superior y me acompañó. Era basto y descuidado, con manchas de tinta en las mangas y una corbata grande hecha un higo bajo un mentón que parecía la punta de una bota vieja. Aún era temprano para la consulta, así que le propuse que tomáramos un trago y, a partir de ahí, mostró una jovialidad invisible antes. Mientras estábamos con nuestros vermús entonó un canto de alabanza a los buenos negocios que estaba haciendo la Compañía; luego, casualmente, le expresé mi sorpresa porque no se fuese a Africa. En un segundo recuperó su frialdad y recogió velas. «No estoy tan loco como parezco, le decía Platón a sus discípulos», sentenció, apuró su vaso de un tirón, y nos fuimos.

'El médico me tomó el pulso, evidentemente pensando mientras en otra cosa. «Está bien, está bien para ese sitio», masculló, y luego me preguntó con cierta ansiedad si lo dejaría medirme la cabeza. Apenas le había dicho, un tanto sorprendido, que sí, cuando sacó una especie de calibrador con el que me tomó la manga y la eslora del cráneo, anotando los datos cuidadosamente. Era bajo, y llevaba un abrigo usadísimo en vez de bata blanca. Iba en zapatillas, y sólo me pareció un majadero nada peligroso. «Siempre pido permiso, en nombre de la Ciencia, antes de medir a quienes van allí», dijo. «¿Y cuando regresan también?», le pregunté. «Oh, casi nunca vuelvo a verlos», apostilló; «además, ya sabe usted que los cambios se producen en el interior». Sonrió como ante un chiste enigmático. «Así que se va usted allí… Estupendo. Realmente curioso». Me escrutó otra vez y tomó otra nota. «¿Ha habido algún caso de locura en su familia?», preguntó en tono profesional. Me sentí muy molesto. «¿También esa pregunta es en interés de la Ciencia?». «Podría ser», dijo sin reparar para nada en mi irritación. «Siempre es científicamente interesante observar in situ los cambios mentales de la gente, pero…». «¿Es usted psiquiatra?», lo interrumpí. «Todos los médicos deberían serlo… un poco», contestó sin inmutarse ese tipo original. «Tengo una pequeña teoría que ustedes, Messieurs que van allí, tienen que ayudarme a comprobar. Esa es mi parte de las ventajas que obtendrá mi país de una colonia tan opulenta. Las simples riquezas las dejo para otros. Perdone mis preguntas, pero es usted el primer inglés que viene por aquí…». Me apresuré a asegurarle que no soy nada típico. «Si lo fuese», añadí, «no estaría hablando así con usted». «Eso que acaba de decir es muy profundo, y seguramente falso», dijo riéndose. «No se irrite allí. Evite las sofocaciones aún más que la exposición al sol. Adieu. ¿Cómo decís los ingleses?, ¿eh? Goodbye. ¡Ah! Goodbye. Adieu. Ante todo hay que mantener la calma en los trópicos…». Levantó un dedo de predicador. «Du calme, du calme… Adieu».

'Ya sólo me quedaba por hacer una cosa: despedirme de mi excelente tía. La encontré exultante. Me dio una taza de té –la última decente que vi en mucho tiempo– y en una habitación que, tranquilizadoramente, era como debe ser la salita de una dama, tuvimos una charla calma junto al fuego. En ella se me hizo claro que me había pintado ante la esposa del mandamás y Dios sabe ante cuánta otra gente con todos los colores de un bicho excepcional y superdotado, un auténtico hallazgo para la Compañía, un hombre de los que no se ven todos los días. ¡Dios mío!, ¡y yo iba a hacerme cargo de una birria de vapor fluvial con un pito amarrado a un obenque! Sin embargo, parecía que era incluso uno de los Trabajadores –con mayúscula, se escribía entonces– de la Compañía. Algo así como otro Emisario de la Gracia, poco menos que un apóstol amateur. Por aquel entonces, los periódicos y la gente se hacían lenguas encomiando la basura colonialista, y la buena mujer se había dejado arrastrar por toda esa cháchara hasta que perdió pie. Incluso me habló de «encarrilar bien a esos millones de salvajes» y, palabra, me hizo sentirme bastante incómodo. Se me ocurrió sugerir que la Compañía buscaba sólo beneficios.

'«Querido Charlie, olvidas que un Trabajador se merece un salario», argumentó brillantemente. Es increíble lo fuera de la realidad que están las mujeres. Sin parecerlo, viven en un mundo propio, pese a que nunca ha habido ni habrá nada parecido. Es un mundo tan maravilloso que, si alguien lo creara, explotaría como una traca antes del primer atardecer. Cualquier maldito hecho que los hombres hemos soportado casi desde que nacimos, bastaría para derrumbar ese castillo de naipes.

'Tras esto me abrazó, me recomendó llevar prendas de franela, me hizo prometerle que escribiría a menudo, etc. etc. y… me fui. No sé por qué me asaltó en la calle el extraño sentimiento de que me estaba portando como un impostor: fue muy raro que yo, que a las veinticuatro horas de saberlo, suelo irme a la otra esquina del mundo pensándolo menos que la mayoría de la gente para cruzar una calle, tuviera un momento… no diría de duda, pero por lo menos de perplejidad, en este asunto tan corriente. La mejor forma que se me ocurre de explicároslo es decir que, durante un par de segundos, me sentí como si en lugar de ir al centro de un continente me dispusiera a ir al centro de la tierra.

'Zarpé en un vapor francés que iba tocando en todos los malditos puertos que tienen los franceses por allí, con el único fin, por lo que vi, de desembarcar soldados y agentes de aduanas. Tuve tiempo de observar la costa. Mirar desde un barco una costa desfilando es como rumiar una adivinanza. Se entreabre sonriendo invitadora; o enseñando los dientes, exuberante, insípida, miserable o salvaje, pero siempre muda, aunque con pinta de estar diciendo entre líneas: «Ven… Acércate y descúbreme».

'Esta no tenía rasgos, como si fuese el embrión de algo aún latente bajo una monotonía sin piedad. Era el límite de junglas colosales, ribeteada de espuma blanca y un verde tan oscuro que parecía negro, como trazada con tiralíneas hasta el infinito, perdiéndose en un mar de azules deslumbrantes atenuados a veces por una niebla rasa. El sol caía ferozmente, y la tierra parecía chorrear vapor supurado. A veces se veían entre la espuma grupitos de manchas cenicientas, quizás con una bandera ondeando encima. Eran asentamientos que llevaban varios siglos ahí, y sin embargo seguían pareciendo estúpidos alfilerazos pinchados en la inmensidad de un escenario virgen. Avanzábamos pesadamente, nos parábamos, desembarcábamos soldados; seguíamos, desembarcábamos aduaneros que se quedaban a rascar arbitrios bajo un cobertizo de lata abanderado en cualquier selva dejada de la mano de Dios. Descargábamos más soldados, supongo que para proteger a los aduaneros. Oí que algunos se ahogaron incluso antes de llegar a la playa; pero, se ahogaran o no, a nadie parecía importarle un rábano. Simplemente los soltaban y seguíamos. La costa parecía idéntica día tras día, como si no nos hubiéramos movido; pero, en realidad, íbamos dejando atrás muchas estaciones –Estaciones Comerciales– con nombres como Gran' Bassam, Popito…; nombres que parecían sacados de algún sórdido vía crucis oficiado ante un telón siniestro. El típico aburrimiento de los viajes, mi situación aislada entre aquella gente que me era extraña, el mar aceitoso y lánguido, la mortecina uniformidad de la costa, me mantenían alejado de la realidad, embarazado en una ilusión insensible.

'Sólo el ruido de las rompientes era un placer real, como una voz hermana. Algo natural, con su razón de ser y su significado. También, a veces, salía un bote de la costa dándole a uno un contacto momentáneo con la realidad. Iban remados por negros, y podía verse de lejos el blanco de sus ojos. Gritaban, cantaban; los cuerpos les chorreaban sudor; eran tíos con unas jetas de carnaval monstruosas, pero eran de carne y hueso, tenían sangre en las venas, una vitalidad salvaje y unos movimientos rotundos que los hacían tan naturales como la espuma de las olas. No necesitaban justificaciones para estar allí. Daba gusto mirarlos. Por un rato hasta podía creerme parte de un mundo primario; pero la sensación no duraba mucho. Siempre venía algo a espantarla. Por ejemplo, una vez nos topamos un barco de guerra anclado frente a la costa. No había en ella ni una mala choza, así que se dedicaba a cañonear la maleza. Por lo visto, los franceses mantenían por allí una de sus guerritas. La enseña del barco colgaba como un andrajo; las bocas de los cañones le asomaban por el casco. Una marejadilla de nada lo zamarreaba como al desgaire, meciendo sus mástiles delgaduchos. Pero ahí estaba, incomprensible frente a los vacíos inmensos del agua, el cielo y la tierra, disparándole a todo un continente. ¡Pum!, hacía un cañón; una llamita relampagueaba, se disipaba un poco de humo blanco, silbaba un proyectil ridículo y… sanseacabó. No pasaba nada. No podía pasar nada.

33

Aquella maniobra tenía un ramalazo de locura, como un lúgubre espectáculo de bufones; una sensación que se me mantuvo pese a que uno de la tripulación vino a explicármelo, informándome con toda seriedad de que un campamento nativo –¡«enemigo», dijo!– estaba oculto por allí.

'Nos largamos después de dejarles el correo, y me enteré que en ese barco solitario la gente se estaba muriendo a un ritmo de tres diarios. Luego seguimos tocando en otros sitios con nombres de broma, dedicados a jalear la danza macabra de trueque y muerte en una atmósfera enrarecida de catacumba caldeada; íbamos caboteando una costa informe bordeada de bajíos traicioneros con que la Naturaleza había querido protegerla de intrusos; entrando y saliendo en ríos –vivas corrientes de ultratumba– con orillas podridas y aguas fangosas que invadían manglares retorcidos con una impotencia desesperada. Nunca estuvimos parados tanto tiempo como para formarme una impresión particularizada, pero me aplastaba una sensación general de vago terror y maravilla opresiva. Era como un peregrinaje agotador tras las pistas de una pesadilla.

'Más de un mes después vi al fin la desembocadura del gran río. Largamos el ancla frente a la delegación del gobierno. Pero mi trabajo esperaba doscientas millas río arriba, así que en cuanto pude partí hacia otro asentamiento que estaba a treinta millas en aquella dirección.

'Conseguí un pasaje en un vapor que subía y bajaba hasta la desembocadura. Llevaba a un capitán sueco que, al enterarse que yo era marino, me invitó a subir al puente. Era un joven delgado y hosco, con el pelo rubio y lacio, que andaba arrastrando los pies. Cuando dejamos aquel miserable muelle, indicó la costa con un movimiento despreciativo de cabeza. «¿Viene de ahí?», preguntó. «Sí», le dije. «Buena panda, esa gente del gobierno, ¿no?»; y siguió con un inglés de gran precisión y considerable amargura: «Resulta gracioso ver de lo que son capaces algunos por unos cuantos francos al mes. Me gustaría saber qué les pasa a esa gente cuando se adentran en el país». Le dije que esperaba verlo pronto. «¡Vaya, vaya!», exclamó. Cruzó el puente arrastrando los pies, sin dejar de mantenerse alerta a proa. «No esté tan seguro», siguió. «El otro día descolgué a un tipo que se había ahorcado al lado de un camino. También era sueco». «¡Que se ahorcó! Pero, ¿por qué, Dios mío?», grité. Pero él no desvió su mirada vigilante. «Cualquiera sabe… Sería demasiado sol para él; o el país, quizá, le resultó demasiado».

'Por fin llegamos a una orilla despejada. Apareció un acantilado, luego vi junto a la costa montones de tierra removida; casas sobre una colina y otras de techumbre metálica en medio de un erial de escombros o colgadas sobre un barranco. El ruido de los rápidos era el fondo permanente de esta devastación habitada. Había mucha gente hormigueando, casi todos negros desnudos. Un pantalán se adentraba en el río. A ratos, un sol cegador lo hacía desaparecer todo endureciendo su resplandor repentinamente. «Ahí está la Estación de su Compañía», dijo el sueco señalando tres edificios de madera con pinta de cuarteles en el terraplén rocoso. «Le mandaré sus cosas ahí arriba. ¿Dijo cuatro cajas? De acuerdo. Hasta luego».

'Tropecé con un caldero medio enterrado; luego encontré un camino que llevaba arriba. Bordeaba los riscos y a una vagoneta tirada panza arriba con las ruedas al aire. Le faltaba una. Parecía tan muerta como un caparazón fósil. Crucé entre piezas de máquinas estropeadas y pilas de raíles oxidados. A la izquierda había un bosquecillo con sombra donde algo oscuro se agitaba débilmente. Engurruñé los ojos; el camino se empinaba más. Sonó una corneta a la derecha y los negros salieron corriendo. Una espesa detonación sorda estremeció la tierra, un penacho de humo salió del acantilado y... eso fue todo. No hubo ningún cambio en la roca. Estaban construyendo un ferrocarril. El acantilado no estorbaba, ni mucho menos; pero estas explosiones sin finalidad era todo el trabajo que estaban haciendo.

'Un tintineo tenue a mi espalda me hizo volverme. Seis negros venían en fila india pateando el polvo. Iban despacio y tiesos, meciendo sobre las cabezas pequeños cestos llenos de tierra, con el clinclín al compás de sus pisadas. Llevaban trapajos oscuros reliados a la cintura, con extremos que se movían como rabos. Se les podían contar las costillas, y sus articulaciones eran como nudos en una cuerda. Todos llevaban un collar de hierro con una cadena, uniendo al de atrás con el de adelante, que se balanceaba sonando rítmicamente. Otro aviso desde el acantilado me evocó a aquel barco de guerra que vi disparándole a todo un continente. Era la misma voz ominosa; y, sin embargo, ni con una imaginación hervida en fiebre se podrían llamar «enemigos» a estas personas. Sin embargo los consideraban criminales, según una ley inmoral que les llegaba desde el mar, como un enigma igual que los obuses. Sus pechos escuálidos jadeaban, las aletas de la nariz, violentamente dilatadas, parecían tiritarles, y tenían los ojos pedregosos clavados en la cima de la montaña.

Me pasaron a una cuarta, sin una mirada, con la indiferencia absoluta, tan parecida a la muerte, de los salvajes infelices. Detrás de estas carnes aún desentrenadas, uno de los ya amaestrados, un blanco producto de las nuevas fuerzas en acción, zascandileaba laciamente llevando un rifle cogido por la caja. Iba con una guerrera a la que se le había saltado un botón, y viendo a otro blanco en el camino se llevó con presteza el arma al hombro. Simple prudencia: por lo visto, los blancos nos parecemos tanto de lejos que no podía saber de quién se trataba. Se tranquilizó rápidamente, y con una sonrisa amplia y servil entreverada de una mirada a los negros, parece que exageró su confianza y me consideró su igual. Bueno, la verdad es que también yo era parte ya de esta elevada causa y sus justos y nobles métodos.

'En vez de seguir subiendo, me di la vuelta y bajé por la izquierda. Quería perder de vista a la cuerda de presos antes de empezar la ascensión. Sabéis que no soy particularmente tierno; he mantenido mi sitio con uñas y dientes. He tenido que defenderme y, a veces, atacar –que es otra forma de defenderse…– sin medir las consecuencias exactas, sólo porque lo pedía la situación que me tocaba vivir. He visto de cerca a los demonios de la violencia, de la avaricia y de los deseos desenfrenados; pero, carajo, eran demonios fuertes, con los ojos inyectados de sangre y lujuria; demonios que empujan y zarandean a los hombres. Hombres, estoy diciendo. Pero en aquella ladera presentí que el sol de aquella tierra iba a presentarme a un demonio enclenque, con ojos mortecinos, hipócrita, de una rapacidad cretina sin pena ni gloria. Pero aún me quedaban varios meses por pasar, y mil millas por recorrer, hasta que descubriera lo insidioso que podía ser ese demonio. Por el momento estaba allí como paralizado ante una prohibición. Finalmente bajé la colina en diagonal hacia los árboles que había visto antes.

'Evité un agujero que alguien había cavado con algún propósito que no pude adivinar. Desde luego no era una cantera, ni un boquete hecho para sacar arena. Era simplemente un agujero. Tal vez tenía algo que ver con el deseo filantrópico de proporcionar ocupaciones a aquellos criminales. No sé. Luego, casi me caigo en un regato que no era más que una grieta en el suelo. Descubrí que estaban tirados allí montones de tubos de desagüe importados para el asentamiento. No había ni uno entero. Era un destrozo gratuito. Por fin llegué a los árboles. Mi intención era andar un poco a la sombra, pero tan pronto como entré en ella sentí que me había metido en un círculo dantesco. Los rápidos estaban cerca, y un ruido precipitado, sinfín y vehemente llenaba con un sonido misterioso —como si la desgarrada rotación del planeta se hubiera vuelto audible de pronto— la quietud mortuoria de aquel bosquecillo donde no se movía ni una hoja.

'Entre los árboles había formas negras sentadas, tendidas, fetales, agarradas al suelo, medio levantadas, difuminadas por la oscuridad, en todas las actitudes del dolor, el abandono y la desesperación. En el acantilado explotó otro barreno seguido de un temblor del suelo. El trabajo seguía. ¡El trabajo! Y éste era el lugar donde alguno de los esclavos se había retirado para morirse.

'Porque estaban allí para palmarla despacio: eso estaba clarísimo. Ya no eran «enemigos» ni «criminales»; ya no eran nada de este mundo… Nada, excepto sombras enfermas y anémicas que yacían confusamente en la penumbra verdinegra. Los traían desde rincones de la costa con toda la legalidad de contratos temporales; los desarraigaban legalmente y los embutían de legalísimas comidas extrañas hasta que enfermaban, rendían poco y entonces, sólo entonces, se les permitía legalmente retirarse arrastrándose a descansar. Desde un punto de vista legal, estas sombras moribundas eran ya tan libres como el viento... y casi tan impalpables como él. Fui distinguiendo en la oscuridad muchos pares de ojos que ardían. Luego vi una cara que casi me rozaba la mano. Pertenecía a un puñado de huesos negros reclinado a lo largo con un hombro apoyado en un tronco; levantó los párpados lentamente y se me clavó una mirada hundida, enorme y sin expresión, como de un ciego pero con un relumbrón moribundo en lo más hondo de sus cuencas. Parecía un tipo joven, casi un muchacho, pero ya sabéis que con esa gente nunca se sabe. No se me ocurrió nada mejor que ofrecerle una de las galletas del barco del sueco que aún me quedaban en el bolsillo. Se aferró a ella y la mantuvo así; no hubo más movimientos ni más miradas. Tenía atado alrededor del cuello un cordel de estambre. ¿Por qué? ¿Dónde lo había conseguido? ¿Era una insignia, un adorno, un conjuro, un sacrificio? ¿Había alguna idea tras él? No sabéis lo chocante que resultaba este trozo de hilo blanco venido de ultramar alrededor de su cuello negro.

'Cerca de ese árbol otros dos manojos de ángulos agudos estaban sentados con las piernas recogidas. Uno de ellos, con las rodillas apuntalándole el mentón, miraba al vacío de una forma insoportable y terrible; su pariente de irrealidad reclinaba la frente como sobreabrumado por el cansancio; y los demás estaban diezmados en todas las posturas de la ruina retorcida, como se ve en los cuadros de pestes o masacres. Mientras estaba allí paralizado de horror, una de esas criaturas se aupó sobre rodillas y manos y se fue gateando a beber en el río. Sorbió a lametones en la mano, luego se quedó sentado al sol, cruzó las piernas y, tras un tiempo, dejó caer sobre el esternón su cabeza lanuda.

'No quise seguir más tiempo en aquella sombra y me apresuré hacia la Estación. Cuando estaba casi llegando a los barracones, me encontré a un blanco tan inesperadamente elegante que al principio lo tomé por una aparición. Llevaba un cuello almidonado alto, puños inmaculados, una chaqueta ligera de alpaca, una chalina distinguida, pantalones blancos como la nieve y botas relucientes. Iba sin sombrero. Tenía una raya en medio de la cabeza bien cepillada y con brillantina, que se protegía con una sombrilla verde sostenida con una mano grande y blanquísima. Dejaba estupefacto. Y llevaba una estilográfica en la oreja.

'Saludé a este milagro, y así me enteré que era el Contable Jefe de la Compañía, y que en aquella Estación se llevaban todos los libros de cuentas. Había salido un rato, según dijo, «a estirar un poco las piernas». Esa expresión sonó curiosamente extravagante, dada su sugerencia de vida sedentaria y burocrática. No os habría mencionado a este hombre de no haber sido porque de su boca oí nombrar por primera vez a quien está más íntimamente relacionado con esta historia. Además, este hombre me inspiró respeto. Sí; respetaba sus cuellos, sus puños, su pelo bien cepillado. Ciertamente, tenía aspecto de maniquí;

pero, en el abandono desmoralizado que caracterizaba a esa tierra, había sido capaz de mantenerlo. A eso le llamo yo firmeza. Sus cuellos almidonados y sus pecheras tiesas eran logros de carácter. Llevaba ya casi tres años allí; más tarde, no pude evitar preguntarle cómo se las apañaba para mantener a punto un ajuar semejante. Se sonrojó ligeramente y dijo con humildad, «He enseñado a una de las nativas de la Estación. No fue fácil. Le disgustaba el trabajo». Así que este hombre había conseguido algo palpable. Y vivía entregado a sus libros de cuentas, que estaban en absoluto orden.

'En cambio, todo lo demás de la Estación –cabezas, cuerpos, cosas– era un perfecto caos. Continuamente llegaban y se iban recuas de negros polvorientos y zambos; un aluvión de productos manufacturados, tejidos de la peor calidad, cuentecillas y alambre de latón se tiraba a lo más hondo de la selva, y de rebote volvía un valiosísimo chorrito de marfil.

'Tuve que quedarme allí diez días. ¡Una eternidad! Vivía en una choza del cercado, pero para alejarme de la confusión me metía a veces en la oficina del contable. Estaba hecha con tablas horizontales tan malamente ensambladas que, cuando se acercaba a su escritorio, lo cruzaban barras de sol desde los pies a la boca. No era necesario abrir el postigo para ver fuera. También hacía calor; zumbaban con fiereza moscardones que, más que picar, arponeaban. Por regla general me sentaba en el suelo, mientras él, impecable y ligeramente perfumado, se encaramaba a un taburete y escribía incansablemente. A ratos se levantaba para hacer un poco de ejercicio. Cuando pusieron allí un catre con un agente del interior ya inútil, mostró una ligera contrariedad. «Los gemidos de este enfermo me distraen la atención», dijo. «Y sin ella es muy difícil en este clima no equivocarse al pasar datos a limpio».

'Un día, sin levantar la cabeza, dijo «En el interior se encontrará al señor Kurtz». A mi pregunta de quién era ese tal Kurtz, contestó que era un agente de primera; luego, viendo mi decepción ante su respuesta, dejó la pluma en la mesa y musitó, «Es una persona fuera de serie». Mis posteriores preguntas me aclararon que Kurtz era responsable en ese momento de una importantísima Estación del interior, en el auténtico país del marfil, «en lo más hondo de la selva. Nos manda tanto marfil como todos los demás juntos…». Empezó otra vez a escribir. El enfermo ya no tenía fuerzas ni para quejarse. En aquella paz, los moscardones seguían zumbando.

'De pronto se oyeron muchas voces y pasos. Había llegado una caravana. Un violento guirigay bárbaro atronaba fuera. Todos los porteadores hablaban a la vez y, enmedio del griterío, se oía la lamentable voz del jefe de la Estación «dimitiendo» lacrimosamente por vigésima vez ese día. El contable se levantó despacio. «Qué alboroto tan espantoso», dijo. Cruzó la habitación con delicadeza para mirar al enfermo, y al volver me dijo: «No oye». «¿Cómo? ¿Está muerto?», pregunté sobresaltado. «No… No todavía», contestó con mucho sosiego. Luego, aludiendo con un movimiento de cabeza al tumulto de fuera, dijo «Cuando hay que hacer anotaciones correctas en los libros, se llega a odiar a esos salvajes… Odiarlos mortalmente». Se quedó pensativo un momento. «Cuando vea al señor Kurtz dígale de mi parte que por aquí…», echó una mirada al escritorio,

«...todo va bien. No quiero escribirle a la Estación Central. Con esos mensajeros nuestros, nunca se sabe en mano de quién acabarán las cartas». Durante un instante me clavó sus ojos suaves y saltones. «Sí. El señor Kurtz llegará lejos, muy lejos», empezó otra vez. «Acabará pronto siendo alguien en la Administración. Los de arriba –los mandamases en Europa, usted me entiende– quieren que lo sea».

'Volvió a su trabajo. Los ruidos de fuera se habían apagado y, cuando me iba, me paré en la puerta. Bajo el monótono zumbido de las moscas, el agente que devolvían a casa yacía ardiendo e insensible; el otro estaba inclinado sobre sus libracos, caligrafiando correctos asentamientos de transacciones perfectamente correctas. Y a cincuenta pies del umbral yo podía ver los árboles inmóviles del sombrajo de la muerte.

'Por fin pude dejar la Estación al día siguiente, con una caravana de sesenta hombres que se disponía a una expedición de doscientas millas.

'No tiene interés que os la cuente. Caminos y caminos por todas partes; un laberinto pisoteado de caminos que se extendía sobre la tierra desierta, los yerbajos, los pastos calcinados, la espesura, abajo y arriba de arroyos helados, arriba y abajo de montañas pedregosas abrasadas por el sol; y una soledad, Dios mío, una soledad... Nadie, ni una cabaña. La gente se había evaporado hacía mucho tiempo. Bueno, me imagino que si un montón de exóticos negracos armados fueran por la carretera de Manchester, arramblando con todos los paletos para hacerles llevar fardos pesadísimos, se vaciarían muy pronto las granjas de los alrededores. Sólo que aquí los poblados parecían haberse disipado también. Pese a esto, vi algunos recién abandonados. Hay algo patéticamente infantil en las ruinas de muros comidos por la grama. Día tras día escuché tras mí el pisar arrastrado de sesenta pares de pies descalzos agobiados cada uno bajo cargas de sesenta libras. Acampar, cocinar, dormir, levantar el campo, seguir. De vez en cuando un porteador la palmaba en acto de servicio, y se quedaba como descansando entre yerbajos, con su cayado y una cantimplora vacía al lado. Y siempre el silencio, arriba y a los lados. Quizás, en alguna noche tranquila, se oían retumbar tambores lejanos, desapareciendo, acercándose; era un estremecimiento vasto y desmayado; un sonido mágico, atrayente, sugestivo y salvaje. Quizás con un sentido tan profundo como el de las campanas en tierras cristianas. Una vez nos encontramos a un blanco con un uniforme desabrochado que estaba acampado en el camino con una escolta armada de zanzíbaros canijos; fue muy hospitalario y alegre, por no decir que estaba borracho como una cuba. Nos dijo que se dedicaba a cuidar la carretera. La verdad es que no puedo decir que hubiese visto por allí ninguna carretera ni ningún cuidado, a no ser que el cadáver de un negro con la frente agujereada de un balazo que me tropecé tres millas más allá pueda considerarse «mantenimiento y mejora». Tuve a otro compañero blanco que no era mal muchacho, pero demasiado gordo y con la desagradable costumbre de desmayarse en las cuestas más calurosas, lejísimos del más mínimo rastro de sombra o agua. Es incómodo, sabéis, tener que sostener la propia camisa a modo de parasol sobre la cabeza de alguien hasta que vuelve en sí. Una vez no pude resistirme a preguntarle qué pretendía en aquella tierra. «Ganar dinero, desde luego. ¿Qué pensaba?», dijo despreciativamente. Más tarde cogió las fiebres y hubo que transportarlo en una especie de hamaca colgada de una pértiga. Como parecía de plomo, las broncas con los porteadores eran interminables. Se plantaban, echaban a correr, se escapaban de noche con sus cargas… En fin, un motín en regla. Así que una tarde les largué una arenga en inglés con muchos aspavientos que devoraban ansiosamente los sesenta pares de ojos que me miraban; a la mañana siguiente todo parecía bien, y di la orden de partida con la hamaca delante. Una hora más tarde me encontré todo el tinglado –enfermo, hamaca, sábanas, llanto y crujir de dientes– desarbolado junto a un zarzal. La pértiga le había despellejado su pobre naricita, así que tenía mucho interés en que matara a alguien, pero, naturalmente, no quedaba ni sombra de un porteador en diez millas a la redonda. Me acordé del viejo médico, cuando dijo aquello de «Resultaría interesante para la ciencia observar in situ los cambios mentales de los individuos». Sentí que me iba volviendo un espécimen «de interés científico». Pero bueno, nada de esto importa. A los quince días oteamos de nuevo el gran río y me arrastré hasta la Estación Central. Estaba en un receso sin corriente, rodeada de maleza, con un borde estupendo de fango apestoso por un lado mientras a los otros tres los oprimía un demencial bardo de juncos. Una abertura descuidada era cuanto tenía por entrada; a la primera mirada podía uno darse cuenta que aquel demonio enclenque del que os hablé antes era la estrella del espectáculo. Blancos con grandes cayados se asomaban taimadamente por las esquinas para verme, y luego desaparecían. Uno de ellos, un grandullón nervioso con bigotazos negros, en cuanto le dije quién era me informó con gran volubilidad y muchas digresiones que mi barco estaba en el fondo del río. Me quedé de piedra. ¿Qué?, ¿cómo?, ¿por qué? Oh, todo iba «muy, pero que muy bien». El «mismísimo Jefe» se ocupaba del asunto. Todo controlado. Y «todo el mundo se comportó espléndidamente, ¡espléndidamente!». «Debe ir a ver al Jefe en seguida», me dijo ahogándose en su bulla. «¡Está esperando!».

'La verdad es que en aquel momento no entendí el sentido real de aquel naufragio. Supongo que lo entiendo ahora, pero tampoco estoy seguro. En absoluto. Ciertamente, ahora que lo pienso, el asunto era demasiado estúpido para ser también natural. Sin embargo… Pero entonces se presentaba nada más y nada menos que como una maldita molestia. El barco estaba hundido, ése era el hecho. Les había entrado dos días antes una prisa repentina y se habían ido río arriba con el Jefe a bordo del vapor, que iba en manos de algún bienintencionado; y antes de tres horas se habían arrancado la quilla de un rasconazo con las piedras del fondo y se habían ido a pique cerca de la orilla sur. Me preguntaba qué tenía que hacer allí yo ahora que mi barco estaba perdido. En realidad, tenía mucho que hacer si quería pescarlo. Había que empezar inmediatamente. Eso, y las reparaciones cuando llevé los restos a la Estación, llevaron varios meses.

'Mi primera entrevista con el Jefe fue curiosa. Ni me ofreció una silla después de mi paseo matutino de veinte millas. Tenía vulgares la voz, los modales, los rasgos y la complexión. Era de un tamaño medio y una estructura corriente. Sus ojos eran del azul típico; aunque quizás anormalmente fríos, con capacidad para dejar caer encima una mirada tan pesada y cortante como un hacha. Pero incluso en esos momentos parecía refutar sus intenciones con todo su ser. Por lo demás, sólo hacía con los labios un gesto lacio e indefinible, algo agazapado… una sonrisa… No, no era una sonrisa… Lo recuerdo, pero no puedo explicarlo. Esa mediorisa de hiena muda era inconsciente, aunque se volvía más intensa un momento justo después de haber dicho algo. Subrayaba todo lo que decía como un sello que embrujara las palabras volviendo absolutamente enigmático el significado de la frase más tonta. No era más que un comerciante común, empleado por allí desde que empezó en su juventud; nada más que eso. Se le obedecía, aunque no inspiraba cariño ni miedo, ni siquiera respeto. Inspiraba incomodidad. ¡Eso es! Incomodidad. No una desconfianza concreta; sólo incomodidad, nada más. No tenéis ni idea de lo efectiva que puede ser semejante… facultad. Carecía de genio para la organización y las iniciativas, incluso para el orden. Eso se notaba en tales cosas como el impresentable aspecto de la Estación. No era culto ni inteligente. Había alcanzado esa posición… ¿por qué? Quizás porque nunca se ponía enfermo. Ya llevaba nueve años allí. Porque una salud triunfante en medio de la derrota y general desbandada de otras es todo un poder en sí mismo. De su charloteo accidental podía deducirse que, cuando iba a Europa de permiso, era como un marinero en tierra –aunque sólo de fachada– y cometía toda clase de brutalidades y excesos, jactándose de ellos; Nunca había creado nada, sólo podía hacer que la rutina siguiera girando, eso es todo. Pero en algo era superior. Y

47

lo era por esa cosa pequeña que hacía imposible adivinar cómo podría controlarse a un hombre así. Nunca reveló ese secreto. Quizás no había tal secreto. Esa sospecha era digna de consideración, porque allí no tenía a nadie por encima que pudiese controlarlo. En una ocasión en que las enfermedades tropicales habían tumbado a casi todos los agentes de la Estación, se le oyó decir, «Los hombres que vienen aquí no deberían tener vísceras». Selló el dogma con esa sonrisa suya que sugería que era el guardián de una puerta abierta al secreto. Uno podía imaginarse que había entrevisto algo al otro lado, pero el sello ya estaba estampado. Otra vez en que estaba harto de las continuas discusiones de los blancos sobre cuestiones de precedencia a la hora de las comidas, mandó hacer una mesa redonda inmensa, para la que luego hubo que construir una casa a propósito. Ese era el comedor de la Estación. Donde se sentaba él, era el lugar principal, los demás ya daban lo mismo. Creo que ésa era su idea de todo. No era educado ni maleducado; sólo inaccesiblemente reservado. Permitía que su criado —un sobrealimentado niñato negro que se había traído de la costa— provocase a los blancos en su misma presencia con la chulería más insolente.

'Empezó a hablar tan pronto como entré. Había tardado mucho en el camino. Él no podía esperar. Tuvo que partir sin mí. Había que aliviar de mercancías a las Estaciones más interiores. Ya había habido tantos retrasos que no sabía quién estaba vivo y quién muerto, cómo se las apañaban y bla bla bla. No hizo caso de mis explicaciones y, jugueteando con una barra de lacre, repitió varias veces que la situación era «muy muy grave». Venían rumores de que una Estación muy importante corría el riesgo de perderse, y que su jefe, el señor Kurtz, había caído enfermo. Esperaba que no fuese cierto. El señor Kurtz era… Empecé a hartarme y a ponerme nervioso. Al diablo con ese Kurtz, pensé. Lo interrumpí para decirle que había oído hablar de Kurtz en la costa. «¡Ah! Así que hablan de él por allí abajo…», se dijo a sí mismo. Entonces se disparó otra vez, asegurándome que no había ningún agente mejor que el señor Kurtz, que lo tenía por un hombre excepcional, que era de la mayor importancia para la Compañía, etc. etc.; por todo eso pude comprender su inquietud. Dijo que se sentía «muy intranquilo, muy intranquilo». La verdad es que se removía bastante en la silla; exclamó «¡Ay, el señor Kurtz!», rompió la barra de lacre y pareció consternado por el accidente. Lo siguiente que quería saber era «cuánto tiempo va a llevar…». Lo interrumpí de nuevo. Imaginaos que, con el hambre que tenía y sin que me hubiera dicho siquiera que me sentase, empezaba a cabrearme. «¿Cómo voy a saberlo?», dije. «Ni siquiera he visto el desastre todavía. Meses, desde luego». Todo este charloteo me parecía bastante inútil. «Meses», repitió. «Bueno, digamos que tienen que pasar tres meses hasta que podamos partir. Sí. Ese tiempo debe bastar para arreglar este asunto». Me largué de su cabaña –vivía en una cabaña de adobe con una especie de veranda sólo para él– mascullando para mis adentros la opinión que me había merecido. Era un tonto charlatán. Más adelante me retracté cuando fui viendo con asombro la absoluta precisión con que había calculado el tiempo necesario «para arreglar este asunto».

'Dándole la espalda a la Estación, por decirlo de alguna manera, me puse manos a la obra al día siguiente. Sólo así me parecía posible seguir aferrado a los hechos que redimen de la existencia. Sin embargo, a veces hay que mirar alrededor; y en esos casos veía a la Estación y a su gente zanganeando al sol del cercado. A veces me preguntaba qué significaba todo eso. Iban de aquí para allá con sus absurdos cayados, como un montón de peregrinos… Eso: peregrinos; peregrinos sin fe embrujados en un círculo sin salida. La palabra «marfil», cuchicheada o suspirada, flotaba siempre en el aire. Parecía que la invocaban con continuas jaculatorias. Un aire de rapacidad imbécil soplaba sobre todo, como el tufo que desprende un cadáver. ¡Carajo!, nunca he visto nada más irreal en mi vida. Y fuera, rodeando a ese trocito de tierra arrasada, seguía la selva silenciosa con su paciente espera del hundimiento de la ilusión humana y sus invasiones… Me tenía boquiabierto con una grandeza tan invencible como la del mal o la verdad.

¡Qué meses aquellos! Bueno, ya no importan. Una noche, un almacén lleno de lonetas, tejidos estampados de algodón, abalorios y sabe Dios qué más, se incendió tan de golpe que parecía que la tierra se hubiese abierto para dejar salir un fuego vengador que quitase de enmedio toda aquella basura. Yo estaba echando tranquilamente una pipa junto a mi vapor desarmado, y los veía bailotear a todos con los brazos levantados alrededor del fuego, cuando el grandullón de los bigotazos llegó con la lengua fuera hasta el río con un cubito de lata, me aseguró que «todo el mundo se estaba portando espléndidamente, ¡espléndidamente!», llenó menos de medio cubo y se fue con mucha agitación. Al verlo alejarse me di cuenta de que el cubo tenía un boquete en el fondo.

'Me acerqué. No había prisa. Tened en cuenta que el cobertizo había prendido como una caja de cerillas. Desde el primer momento no había nada que hacer. Las llamas se habían levantado echando atrás a todo el mundo, habían quemado hasta la última brizna, y luego se habían hundido. El almacén era ya un montón de ascuas. Estaban azotando a un negro. Según ellos, de alguna manera había sido el causante del incendio. Lo fuera o no, el negraco daba unos aullidos que ponían los pelos de punta. Más tarde lo vi sentado a la sombra varios días, con pinta de estar muy enfermo y tratando de recobrarse: por fin se levantó y se fue... y la selva muda lo recogió de nuevo en su vientre. Cuando me acerqué a los restos del incendio, me puse detrás de dos hombres que charlaban. Escuché pronunciar el nombre de Kurtz, y luego las palabras «sacar alguna ventaja de este accidente desafortunado». Uno de los que hablaban era el Jefe de la Estación. Le di las buenas noches. «¿Había visto alguna vez algo así?, ¿eh? Es increíble», dijo; y se fue. El otro se quedó. Era un agente principal, joven, petimetre, un poco reservado, con barba de dos puntas y nariz aguileña. No congeniaba mucho con los demás agentes y, por su parte, los demás agentes lo tenían por chivato del Jefe. En lo que a mí respecta, apenas le había hablado antes. Empezamos a charlar y, como el que no quiere la cosa, fuimos alejándonos de las ascuas siseantes. Entonces me invitó a su habitación, que estaba en el edificio principal. Encendió una cerilla, y me di cuenta que este joven aristócrata tenía, además de un tocador de viaje hecho en plata, una vela para él solito. Se suponía que sólo el Jefe tenía derecho a velas. Las paredes de arcilla estaban cubiertas por alfombras

51

nativas; y tenía colgada, a modo de trofeos, una colección de lanzas, azagayas, escudos y puñales. Se ocupaba de dirigir la fabricación de ladrillos, o al menos eso me habían dicho; aunque no había ni un trozo de ladrillo en toda la Estación, pese a que ya llevaba allí más de un año. Por lo visto no se pueden hacer ladrillos sin algo, no recuerdo qué: paja, o algo de eso. Como allí no había, ni parecía probable que la enviaran de Europa, no estaba muy claro qué esperaba ese tipo. Quizás una intervención divina especial. Aunque, en realidad, allí todo el mundo estaba esperando algo; y, palabra, que no les parecía una ocupación rara, a juzgar por cómo se la tomaban. Aunque, después de tanto esperar la llegada de algo, lo único que les llegaban, por lo que pude ver, eran enfermedades. Engañaban al tiempo de una manera estúpida: intrigando y dándose puñaladas por la espalda. Había un vaho de conspiraciones por toda la Estación, pero, desde luego, las conspiraciones nunca se resolvían en nada. Eran tan irreales como todo lo demás, como las pretensiones filantrópicas de la colonización, como sus charlas, como su gobierno, como su pretendido trabajo. Allí el único sentimiento real era el deseo de ser destinado a un lugar donde abundase el marfil y pudieran ganarse buenos porcentajes. Eran capaces de intrigas, calumnias y odios por eso; pero ¿mover de verdad un dedo?, no, de eso nada. ¡Cielo santo!, al fin y al cabo hay algo en el mundo que permite que unos puedan robar caballos mientras otros ni siquiera pueden mirar una brida. Robar un caballo por las buenas. Estupendo. Tal vez al ladrón le haga falta. Ya está hecho. Pero hay una forma de mirar una brida ajena que levantaría la indignación del santo más piadoso.

'No tenía idea de por qué estaba empeñado en ser sociable, pero, según charlábamos, se me ocurrió de golpe que quería conseguir algo; de hecho, quería sonsacarme. Constantemente se refería a Europa y a la gente con la que se suponía que yo estaba relacionado, haciéndome preguntas capciosas respecto a mis conocidos en la ciudad sepulcral, y todo eso. Los ojillos le destelleaban con curiosidad vehemente, como lentejuelas, aunque afectaba la indiferencia del dandy. Al principio yo estaba estupefacto, pero pronto me invadió una terrible curiosidad por saber qué descubriría en mí. No podía imaginarme qué ocultaba yo que hiciera merecer ese esfuerzo. Era francamente divertido ver cómo se equivocaba, porque a decir verdad yo sólo tenía escalofríos en el cuerpo, y aquel puñetero asunto del vapor en el alma. En cambio, era evidente que él me estaba tomando por un sinvergüenza y un perfecto embustero. Al final se enfadó, y, para desviar un impulso de molestia furiosa, hizo como que bostezaba. Me levanté. Entonces me fijé en un pequeño óleo sobre tabla que representaba a una mujer, con una túnica y una venda en los ojos avanzando con una antorcha encendida. El fondo era oscuro, casi negro. Ella tenía un movimiento majestuoso, y el efecto de la luz en su cara era siniestro.

'El cuadro me sedujo, y él se acercó cortésmente aproximando una vela atascada en el gollete de una botella vacía de champagne… o algún otro reconstituyente de los que les aconsejaban los médicos, ya sabéis. Ante mi interés, dijo que lo había pintado el señor Kurtz, allí, en aquella misma Estación hacía más de un año, mientras aguardaba algún medio de volver a la suya. «Por favor, dígame», dije, «quién es Kurtz».

'«El Jefe de la Estación Interior», contestó con voz de barítono desviando la mirada. «Hombre, muchísimas gracias», dije riéndome. «Y usted es el fabricante de ladrillos de la Estación Central. Eso lo sabe cualquiera». Durante un rato estuvo en silencio. «El señor Kurtz es un prodigio», dijo al fin. «Es un emisario de la compasión, la ciencia, el progreso… y sabe Dios cuántas cosas más. «Queremos», empezó a declamar de repente, «la inteligencia más aguda, una comprensión amplia, y una dedicación exclusiva, para el correcto encauzamiento de la nobilísima causa que Europa nos ha confiado». «¿Quién dice eso?», pregunté. «Muchos lo dicen», repuso. «Algunos incluso lo escriben; en consecuencia, un ser especial, él, viene hasta nosotros. Usted ya debe saber esto». «¿Por qué debería saberlo yo?», interrumpí realmente sorprendido. Pero no prestó atención y siguió: «Sí. Hoy es Jefe de la Estación más importante, el año que viene será el Jefe de todos, dos años después será… bueno, supongo que usted ya sabe lo que será dentro de dos años. Usted también es de la gente nueva, los nuevos iluminados. A usted lo recomendaron los mismos que lo enviaron a él. No, no vaya a decir que no. Confío en lo que veo». Entonces me caí del caballo, como San Pablo. Lo entendí todo. Las relaciones de mi tía estaban produciendo en este joven unos efectos inesperados. Casi no pude aguantar la risa. «¿Lee usted la correspondencia confidencial de la Compañía?», le pregunté. No supo qué decir. La situación era de lo más gracioso; la rematé severamente: «Cuando Kurtz sea Encargado General, no va a tener oportunidad de hacerlo».

'Sopló la vela bruscamente y salimos. La luna ya estaba alta. Unas siluetas negras iban y venían echando agua sin interés sobre la ascuas silbantes; el vapor ascendía al cielo, el negro azotado aullaba por algún lado. «¡Qué escándalo arma ese bruto!», dijo el incansable grandullón de los mostachos apareciendo por allí. «Le está bien empleado. Infracción, castigo, ¡bang!, ¡bang!; sin blanduras, sin misericordia. Así se evitan los males del mañana. Acabo de decirle al Jefe que…». Pero se dio cuenta de quién me acompañaba y se desarboló de pronto. «¿No está en la cama todavía?», dijo con una especie de simpatía servil; «claro, es natural, claro. El peligro, la actividad… Claro». Desapareció. Yo me fui al río, pero el otro se vino detrás. Aún me llegaba al oído un murmullo áspero: «hatajo de gandules… ¡venga!». Se veían grupos de peregrinos discutiendo y gesticulando. Algunos llevaban todavía sus cayados. Creo que se acostaban con ellos. Más allá del bardo, la selva seguía espectral bajo la luna y, pese a la agitación inocua y los ruidos sin fuerza de aquel cercado lamentable, el silencio de la tierra sacaba ecos del corazón imponiendo su grandeza, su misterio, el estupor de tanta y tan real vida oculta. El negro herido aún se quejaba un poco, y luego soltó un suspiro tan hondo que me alejé de allí todo lo que pude. Entonces sentí una mano que me agarraba el brazo. «Querido señor», me dijo, «no quiero que me malinterprete nadie; y menos usted, que va a ver al señor Kurtz mucho antes de que a mí me sea concedido tamaño placer. No querría que se formase una idea falsa acerca de mi disposición…».

'Dejé seguir a este Mefistófeles de opereta, y me pareció tan inconsistente que, si quería, podía atravesarlo con el índice y no encontrar dentro, quizás, más que un poco de mierdecilla suelta. Como ya os habréis imaginado, estaba planeando convertirse en ayudante del Jefe de la Estación, así que el anuncio de la llegada del tal Kurtz los había desestabilizado bastante. Hablaba precipitadamente, y yo no intenté sosegarlo. Apoyé los hombros sobre los restos del vapor, embarrancado al fin en la orilla como la carcaza de algún monstruo del río. El olor a fango, a cieno primigenio, carajo, se me había metido en las narices y toda la altiva quietud de la selva primitiva se alzaba ante mí; la corriente tenía parches pulidos. La luna había tendido sobre todas las cosas un baño de plata. Sobre la hierba exuberante, sobre el fango, sobre el infranqueable muro de vegetación más alto que una catedral, sobre el gran río, que asomaba tras una grieta oscura, brillando, brillando según corría con una inmensidad muda. Todo esto era grandioso, expectante, callado... pero ahí seguía aquel hombrecillo charlando erre que erre sobre sí mismo. Me preguntaba si el silencio con que esa inmensidad nos miraba era una llamada o una amenaza. ¿Quiénes éramos nosotros, y qué se nos había perdido por allí? ¿Podríamos dominar a esa cosa enorme, o acabaría manejándonos ella? Sentí qué grande, qué malditamente grande, era esa dichosa cosa que no podía hablar y que quizás tampoco podía oír. ¿Qué guardaba dentro? Podía ver cómo chorreaba un poquito de marfil, y sabía que en su interior estaba ese Kurtz. Ya había oído hablar bastante de eso, bien lo sabe Dios. Sin embargo, no me evocaba imagen alguna, no más que si me hubieran dicho que allí habitaba un ángel o un demonio. Lo creería igual que alguno de ustedes pueda creer que hay vida en Marte. Una vez conocí a un fabricante de velas escocés que estaba seguro, absolutamente seguro, de que existían los marcianos. Si se le pedía que diese alguna pista acerca de cómo eran o se comportaban, se encogía tímidamente y murmuraba algo sobre «andar a cuatro patas». Pero, aunque tenía sesenta años, si tan sólo se te ocurría sonreír, te retaba a duelo. No habría ido tan lejos como para batirme por Kurtz, pero por él incluso mentí. Ya sabéis que odio, que detesto, que no puedo soportar las mentiras. No porque yo sea más recto que los demás, sino simplemente porque me aterrorizan. Tienen un toque de ultratumba, un tufo a muerte, que es exactamente lo mismo que odio y detesto en el mundo: algo que quisiera olvidar para siempre jamás. Me hacen sentirme miserable y me ponen enfermo, como si tragara algún alimento podrido. Cuestión de temperamento, supongo. Bueno, pues rocé la mentira simplemente dejando que ese estúpido dandy creyera lo que le diera la gana acerca de mi influencia en Europa. En un instante me convertí en algo tan falso como los demás peregrinos embrujados del círculo sin salida. Y todo esto simplemente porque tenía la idea de que en alguna forma le sería de ayuda a ese tal Kurtz a quien ni siquiera conocía, ¿entendéis? Para mí, Kurtz era sólo una palabra. Y yo no lo veía en aquel nombre –Kurtz, Kurtz– más que vosotros ahora. ¿Lo veis? ¿Veis venir la historia? ¿Acaso veis algo? Me parece que estoy intentando contaros un sueño. Haciendo un intento vano, porque ninguna relación de un sueño puede reflejar las sensaciones que se sueñan, esa mezcla de absurdo, sorpresa y ebriedad en un temblor de rebeldía sofocada, creyéndose rehén de lo increíble, que es la auténtica esencia de los sueños…'

Se quedó callado un rato.

'…No, es imposible; imposible reflejar las sensaciones vivas de otro momento de la existencia, todo eso que le da verdad, y significado, su esencia penetrante y sutil. Es imposible. Vivimos como se sueña: solos…'

Se calló otra vez, como si estuviera reflexionando; luego añadió: 'Y, encima, en esta historia veis más de lo que veía yo. Me veis a mí, a quien ya conocéis…'

Estaba todo tan negro que, en realidad, difícilmente podíamos vernos unos a otros. Ya hacía tiempo que él, sentado aparte, no era más que una voz. Nadie dijo una palabra. Los otros podían estar dormidos, pero yo estaba despierto. Escuchaba, escuchaba esperando la frase, la palabra, que me diera una pista hacia la desvaída incomodidad inspirada por una historia que, sin necesidad de labios humanos, parecía coger forma en el relente espeso del río.

'Sí…', empezó de nuevo Marlow, '…lo dejé seguir y que pensara lo que le apeteciera acerca de los poderes que me sostenían. Lo hice. ¡Y no había ningún poder sosteniéndome! Lo único que había tras mí era ese viejo vapor desfondado y roto sobre el que me apoyaba mientras él hablaba retóricamente acerca de «la necesidad que tienen todos los hombres de seguir adelante». «Y comprenderá que, cuando uno viene aquí, no es para mirar la luna». El señor Kurtz era «un genio universal», pero incluso a los genios les resultaría todo más fácil si trabajasen con «instrumentos adecuados, gente inteligente». Él no fabricaba ladrillos; ¡contra!, era físicamente imposible, yo lo sabía bien; y si hacía de secretario para el Jefe de la Estación era porque «ningún hombre con sentido común rechaza por gusto las confidencias de sus superiores». ¿Lo entendía? Lo entendía. ¿Qué más quería? Lo que yo quería de verdad eran remaches, carajo. Remaches. Para seguir con mi tarea, para tapar el agujero del vapor. Remaches es cuanto quería. Había cajas y cajas de remaches en la costa; cajas apiladas, reventadas, ¡rotas! Iba uno pisoteando remaches a cada paso en el cercado de aquella Estación de la colina. Había remaches hasta en el bosquecillo donde agonizaban los desahuciados. Cualquiera podía llenarse los bolsillos de remaches sólo con la molestia de agacharse a cogerlos, pero no había ni uno donde hacían falta. Teníamos planchas que podían servir, pero nada para sujetarlas. Y todas las semanas el mensajero, un negro con la cartera al hombro y su cayado en la mano, salía de nuestra Estación en dirección a la costa. Y varias veces a la semana venía de allí una caravana con mercancías para el trueque: tejidos de un algodón correoso que daba grima sólo de mirarlo, cuentas de cristal de las que dan un cuarto por una perra gorda, pañuelos con lunares... y ni un remache. Tres porteadores hubieran podido llevar todo lo que hacía falta para poner el vapor a flote.

'Ahora se estaba poniendo confidencial, pero me imagino que mi actitud distante lo exasperó al fin, porque estimó necesario informarme que no temía a Dios ni al demonio, contra más a un simple hombre. Le dije que de eso ya me había dado cuenta, pero que lo que quería realmente eran unos cuantos puñados de remaches; y remaches, de haberlo sabido, era también lo que necesitaba Kurtz. Ahora iban las cartas semanalmente a la costa... «Señor mío», gritó, «escribo al dictado». Dicté remaches. Un hombre inteligente encontraría la forma. Cambió su actitud; se volvió muy frío y empezó a hablar de repente de un hipopótamo; yo vivía día y noche allí, obcecado en hacer flotar mi vapor, así que quiso saber si no lo había oído mientras dormía a bordo. Había un hipopótamo viejo que tenía la mala costumbre de asomarse a la orilla por las noches y vagar por los terrenos de la Estación. Los peregrinos solían ir en grupo a vaciar cuanto rifle podían agarrar. Algunos incluso se habían pasado noches en vela esperándolo. Pero todo ese esfuerzo era inútil. «Ese animal está encantado», dijo; «pero en esta tierra eso sólo puede decirse de las bestias. Ningún hombre, ¿me sigue?, ningún hombre de aquí está encantado». Se quedó quieto un momento bajo la luz de la luna con su delicada nariz ganchuda ligeramente asimétrica y sus ojillos brillantes sin pestañear. Luego, tras darme secamente las buenas noches, se fue. Pude ver que estaba molesto y considerablemente liado, lo que me hizo sentirme con más esperanzas que en días anteriores. Fue un alivio dejar a este tipo y volverme con mi influyente amigo, el maltratado, retorcido y arruinado barco de vapor. Me encaramé a bordo. Sonaba bajo mis pies como una lata rodando a patadas; no era sólido ni bonito, pero le había consagrado tanto esfuerzo que ya lo amaba. Ningún otro «influyente amigo» me habría resultado más útil que él. El barco me dio la oportunidad de entrever algo, de descubrir lo que podía hacer. No, no me gusta el trabajo. Prefiero holgazanear pensando en las cosas que podría hacer. No me gusta trabajar; a nadie le gusta. Pero sí me agrada lo que se oculta en él: la posibilidad de hallarse a sí mismo. Tu propia realidad –para ti, no para otros– lo que nunca podrán saber los demás. Los otros pueden ver la mera apariencia, sin llegar nunca a lo que significa.

'No me sorprendió ver a alguien sentado en la borda con los pies colgando sobre el fango. Compadreaba bastante con las pocos mecánicos de la Estación, a quien los otros peregrinos despreciaban; por sus modales bastos, me supongo. Este era el capataz, un calderero, buen trabajador. Era un tipo enjuto y huesudo, pálido y con intensos ojos grandes. Tenía siempre aspecto de preocupación, y una cabeza más calva que la palma de mi mano; aunque los pelos que se le habían caído de arriba parecían habérsele quedado en la cara y prosperado ahí, porque la barba le llegaba hasta la cintura. Era viudo, tenía seis hijos, y los había dejado al cuidado de una hermana para poder irse allí. La pasión de su vida eran las palomas. Era un experto fanático. Habría matado por una paloma. A veces, después del trabajo, venía a verme y charlar de sus hijos y su palomar; en el trabajo, cuando tenía que arrastrarse bajo el casco, se amarraba la barba con una especie de talega que llevaba para eso. Tenía unos aros de cintas para colgársela de las orejas. Por las tardes podía vérsele en la orilla enjuagando cuidadosamente esa funda y tendiéndola solemnemente para que se secara.

'Le di una palmada en el hombro gritando «¡Vamos a tener remaches!». Se puso en pie de un salto diciendo «¡No! ¡Remaches!», como si no pudiese dar crédito a lo que oía. Y luego añadió en voz baja: «Usted… ¿eh?». No tengo ni idea de por qué nos comportábamos como lunáticos. Me puse un dedo en la nariz y cabeceé misteriosamente. «¡Bien por usted, señor!», gritó; y tocó los palillos sobre su cabeza manteniéndose sobre un pie. Yo probé a bailotear. Hicimos cabriolas sobre el puente metálico. El casco hacía un ruido horrible, y la selva impenetrada a la otra orilla devolvió el eco de un redoble atronador a la Estación dormida. Debió asustar a muchos peregrinos en sus cuchitriles. Una silueta oscura se recortó en la puerta del Jefe; luego desapareció, y un segundo más tarde la puerta iluminada desapareció también. Nos paramos, y el silencio que habíamos espantado con los pataleos salió otra vez de todos los rincones de la tierra. El muro vegetal, una masa exuberante y entremezclada de troncos, ramas, hojas y lianas quietas era como la horda invasora de una vida callada, una ola de verdes amontonados, hirvientes, dispuesta a desmoronarse y barrernos a los hombrecitos y nuestra pobre existencia. Pero no se movió. Un estallido mortal de bufidos y chapaleos poderosos nos llegó desde lejos, como si un ictiosaurio se estuviera dando un baño de luz en el río. «Después de todo», dijo el calderero ya en tono razonable, «¿por qué no íbamos a conseguir los remaches?». Por qué no, desde luego. No había razón alguna para que no llegaran. «Estarán aquí en tres semanas», dije confiadamente.

'Pero no estuvieron. En vez de remaches se nos infligió una visita o, más bien, una auténtica invasión. Fue llegando a etapas durante las tres semanas siguientes, cada sección liderada por un burro cabalgado por un blanco de traje limpio y zapatos de cuero que inclinaba la cabeza a uno y otro lado saludando a los impresionados peregrinos. Un grupo peleón de huraños negrazos con los pies llagados seguía tras cada burro; muchas tiendas, taburetes plegables, cajas de lata, baúles y líos de ropa fueron descargados en el patio, y el aire de misterio se espesó sobre el caos de la Estación. Llegaron cinco comitivas como ésa, con tal tono absurdo de huida desordenada con el botín de innumerables almacenes de suministros que uno podría pensar que, tras un ataque, se habían retirado a la selva llevándose lo que habían podido para repartirlo. Era una mezcla inextricable de cosas decentes en sí mismas, pero que la locura humana las hacían parecer los restos de un robo.

'Esta pandilla tan encantada de haberse conocido se hacía llamar la Expedición de Exploradores «Eldorado», y me imagino que estaban bajo un pacto secreto. Sus conversaciones, sin embargo, eran propias de los bucaneros más sórdidos: era alocada sin audacia, avarienta sin osadía, y cruel sin valor; en ninguno de ellos había ni una pizca de previsión o de intenciones serias, y no parecían haberse enterado de que estas dos cosas son necesarias para que funcione el mundo. Su único deseo era arrancarle riquezas a las entrañas de la tierra, sin más propósito moral tras ello que el que pueda haber en un ladrón que atraca a alguien. No tengo ni idea de quién financiaba esta noble empresa; pero el líder de la banda era el tío de nuestro Jefe.

'A primera vista parecía el carnicero de un barrio pobre, y tenía en los ojos un destello de astucia soñolienta. Imponía la panza con ostentación, y durante todo el tiempo que su banda infectó la Estación, sólo se habló con su sobrino. Se les podía ver a los dos dando vueltas todo el día con las cabezas juntas, como en una confabulación eterna.

'Los remaches ya no me preocupaban. La capacidad que puede tenerse para esas clases de locura es más limitada de lo que se supone. Simplemente me dije: «¡A hacer puñetas!», y dejé que las cosas siguieran corriendo. Ahora tenía mucho tiempo para la meditación, y alguna que otra vez pensaba en Kurtz. No me interesaba mucho. No. Sin embargo, sentía curiosidad por ver si este hombre que había ido allí equipado con ideas morales de algún tipo, llegaría a la cúspide después de todo. Y quería saber que haría cuando estuviese en ella.

DOS

'UNA tarde en que estaba tumbado en el puente de mi vapor oí que se acercaban unas voces. Eran el tío y el sobrino que venían por la orilla. Dejé caer de nuevo la cabeza en el brazo y casi me duermo otra vez cuando oí una voz como si me hablara al oído: «soy tan inofensivo como un niño chico, pero no me gusta bailar al son que me tocan. ¿Soy el Jefe, o no? Me han ordenado que lo envíe allí. Es increíble…». Me di cuenta que estaban delante del barco, justo debajo de mí. No me moví; no se me ocurrió moverme: estaba medio dormido. «Es desagradable», gruñó el tío. «Ha solicitado a la Administración que lo manden aquí», dijo el otro, «a fin de demostrar de lo que es capaz; y a mí se me han dictado órdenes al respecto. ¿No es terrible?». Los dos estuvieron de acuerdo en lo terrible que era, y luego hicieron varias afirmaciones extrañas: «Llover con el sol fuera», «un hombre», «el Consejo», «por la nariz»… trozos de frases absurdas que acabaron con mi duermevela, así que estaba completamente despabilado cuando dijo el tío: «El clima puede acabar resolviéndote esta dificultad. ¿Esta allí solo?». «Sí», respondió el Jefe; «envió río abajo a su ayudante con una nota en estos términos: 'Eche fuera del país a este pobre diablo y no se moleste en enviarme a otros parecidos. Prefiero la soledad a las malas compañías que usted me manda'. Eso fue hace más de un año. ¿Se puede imaginar mayor desvergüenza?». «¿Algo más desde entonces?», preguntó el otro con voz ronca. «Marfil», saltó el sobrino; «montones. Y de primera clase. Montones. Muy desagradable de su parte». «¿Y con el marfil no venía nada?», contrapunteó el barítono. «Los albaranes», fue la seca respuesta a bocajarro, por decirlo así. Después silencio. Habían estado hablando de Kurtz.

'Para entonces ya estaba perfectamente despierto, pero, como me encontraba muy a gusto tumbado, seguí quieto, sin motivos para moverme. «¿Cómo llegó hasta aquí todo ese marfil?», rezongó el más viejo, que parecía muy jodido. El otro le explicó que había llegado en una flota de canoas guiadas por un oficinista inglés mestizo que Kurtz tenía siempre con él; parecía que el mismo Kurtz había intentado volver también, porque su Estación se había quedado desprovista, pero que tras hacer tres mil millas decidió de repente volverse solo en una piragua de sólo cuatro remeros, dejando que el mestizo siguiera río abajo con el marfil. Los dos parecían atónitos porque alguien hubiera intentado tal cosa. No podían entender que hubiera un motivo. En cuanto a mí, logré imaginarme a Kurtz por vez primera. Fue una visión distinta: la piragua, cuatro salvajes remando, y el blanco solitario que repentinamente le da la espalda a su mundo, con alivio, puede que con nostalgia de su cabaña; volviéndose otra vez hacia las honduras de la selva, hacia su Estación vacía y desolada. Quizás era sólo una persona sensible, que se aferraba a su trabajo para salir adelante. Esos dos no habían pronunciado ni una vez su nombre. Kurtz era «ese hombre». Al mestizo que, por lo que sé, había sido capaz de conducir una expedición dificultosa con valor y prudencia, invariablemente lo llamaban «ese cabrón». El «cabrón» era quien había traído la noticia de que «ese hombre» había estado muy enfermo y no se había repuesto del todo… Los dos de abajo se apartaron y se pasearon en varias direcciones sin separarse mucho. Oí: «puesto militar», «médico», «dos mil millas», «ahora, completamente sólo», «retrasos inevitables», «nueve meses», «sin noticias», «rumores extraños»… Cuando se acercaban otra vez, el Jefe iba diciendo, «Nadie, me parece, excepto una especie de vagabundo que comercia por libre, un tipo pestilente que les roba el marfil a los nativos». ¿De quién hablaban ahora? Reuniendo piezas supuse que se trataba de alguien que estaba en el departamento de Kurtz, y que no le gustaba mucho al Jefe. «No nos habremos librado de la competencia desleal hasta que no ahorquemos como escarmiento a uno de esos tíos», dijo. «Cierto», gruñó el otro; «¡intenta ahorcarlo! ¿Por qué no? En este país se puede hacer cualquier cosa, cualquier cosa. Eso es lo que siempre digo; aquí, entiéndeme, aquí, nadie puede hacer peligrar tu posición. ¿Y por qué? Porque soportas muy bien el clima y les sobrevives a todos. El peligro está en Europa; pero me cuidé bien antes de venirme de que…». Se fueron y me llegó sólo un murmullo; luego sus voces se alzaron otra vez. «Esa insólita serie de retrasos no es culpa mía. Hice lo que pude». El gordo suspiró, «Una pena». «Y la apestosa estupidez de su charla», siguió el otro; «no te imaginas cuánto me fastidiaba mientras estuvo aquí oírle sermones como: 'Cada Estación debe ser una luminaria en el camino hacia la mejora; un buen centro para el comercio, desde luego, pero también para humanizar, mejorar y educar'. Imagínate, ¡semejante borrico pretende llegar a Jefe! No, eso es…». Pero al llegar aquí lo atoró la excesiva indignación, y yo levanté un poco la cabeza. Me sorprendió ver lo cerca que estaban: justo debajo mía. Les hubiera podido escupir en los sombreros. Miraban al suelo, como sumidos en pensamientos profundos. El Jefe se golpeaba el muslo con una vara delgada; su sagaz pariente levantó el cuello. «¿Has estado bien desde que saliste esta vez?», preguntó. El otro dio un bote, «¿Quién? ¿Yo? ¡Oh!, sí, estupendamente. ¡Estupendamente! Pero los demás… ¡Dios mío! Todos malísimos. Y se mueren tan de prisa que ni siquiera tengo tiempo para mandarlos fuera del país, ¡es increíble!». «Hum… Desde luego», gruñó el tío. «¡Ah!, hijo, confía en eso de ahí. Te lo digo yo, confía en eso». Extendió la aleta que tenía por brazo en un gesto que abarcaba la jungla, el barro y el río. Y, dándose a conocer con ese ademán deshonroso, hizo ante la faz de la tierra una llamada traicionera a la muerte emboscada, a los demonios escondidos, a las miasmas de su corazón. Sentí un susto tan repentino que me puse en pie de un salto para mirar a la selva, como si estuviese esperando algún tipo de respuesta a ese sucio abuso de confianza. Ya sabéis las ideas tan tontas que se tienen a veces. El majestuoso hieratismo del bosque, con su paciencia amenazadora esperando la ruina de la ficticia invasión humana, contrastó con esas dos figurillas.

'Blasfemaron en voz alta —de puro miedo, supongo— y luego, haciendo como que no me habían visto, se volvieron a la Estación. El sol ya se estaba poniendo; y, al irse parecía que arrastraban colina arriba como una yunta de bueyes con mucha trabajera, sus dos ridículas sombras desiguales que los seguían como estelas lentas sobre una hierba de la que no doblaban ni una hoja.

'Pocos días más tarde, la Expedición de Exploradores Eldorado penetró a la paciente selva, que se cerró tras ellos como el mar se traga a quien se zambulle. Bastante después llegó la noticia de que todos los burros habían muerto. No sé qué fue de los animales menos valiosos. Sin duda, como todo el mundo, encontraron lo que se merecían. No pregunté. Estaba muy excitado con la perspectiva de encontrarme muy pronto con Kurtz. Cuando digo «muy pronto» quiero decir «relativamente pronto». En realidad, desde que partimos hasta que llegamos a la Estación de Kurtz, pasaron dos meses.

'Remontar ese río era remontar el tiempo hasta los orígenes del mundo, cuando la vegetación lo invadía todo y los árboles gigantes eran los reyes de la naturaleza. Una corriente vacía, un silencio enorme, una selva impenetrable. El aire era caliente, grueso, pesado, inmóvil. El sol brillaba sin alegría. Los tramos largos del río se sucedían desiertos, bajo la oscuridad de lejanías encapotadas. Había hipopótamos y cocodrilos tomando el sol juntos en playas blanquecinas. En los ensanchamientos, el agua fluía entre un laberinto de islotes, troncos y ramajos; uno podía perderse allí igual que en un desierto, y pasarse el día embistiéndole a los bajíos con la esperanza de encontrar un canal de salida, hasta creerse encantado y sin el cordón umbilical que unía a todo lo conocido antes, alguna vez, en alguna parte, muy lejos… en otra vida, quizás. A ratos rememoraba todo el pasado, como ocurre a veces cuando se carece de un sólo momento que dedicarse; pero el pasado llegaba con las formas de un sueño tumultuoso y vocinglero, que luego se recordaba con maravilla entre las realidades abrumadoras de aquel extravagante mundo de plantas, agua, y silencio. Y esta quietud de vida no inspiraba la más mínima paz. Era la quietud de un fuerza implacable que mira extrañada cómo se le acercan unos personajillos de intenciones desconocidas. Nos miraba con un ceño vengativo. Más tarde me acostumbré a ella; pero entonces aún no la miraba; no tenía tiempo. Todo se me iba en adivinar por dónde iba el canal; tenía que descubrir, y encima por inspiración, los indicios de bancos de arena invisibles; me pasaba el día oteando posibles piedras sumergidas; estaba aprendiendo a aparentar serenidad aunque se me desbocara el corazón cada vez que raspaba un escollo engañoso que podía acabar con mi vapor y con la vida de los peregrinos; tenía que estar atento a descubrir madera seca que pudiéramos trocear de noche para alimentar la caldera al día siguiente. Cuando hay que preocuparse de cosas como esas, los simples incidentes, la realidad –la realidad, digo– se esfuma. La verdad profunda de las cosas está oculta… afortunadamente. Afortunadamente. Pero yo la sentía, de todas maneras; a veces he sentido su aliento misterioso junto a mis pobres trucos de mono amaestrado, igual que os mira a vosotros actuar sobre vuestras respectivas cuerdas flojas por… ¿cuánto es?, sí, media corona la voltereta.

'Intenta ser educado, Marlow', refunfuñó una voz. Y supe que, además de mí, había al menos otro oyente despierto.

'Perdón. Olvidaba que el sueldo incluye la angustia. Y, en realidad, ¿qué importa ése salario si el salto es bueno? Hacéis muy bien vuestras cabriolas. Y tampoco yo las hago mal. Por lo menos me las apañé para no hundir aquel vapor en mi primer viaje. Todavía me parece un milagro. Imaginaos a alguien que tuviera que llevar una carreta por un camino peligroso con los ojos vendados. Pasé los siete sudores con esa historia, puedo jurarlo. Después de todo, el pecado más imperdonable para un marino es embarrancar lo que se supone que tiene que flotar a su cuidado. Puede que nadie se entere, pero el golpetazo nunca se olvida, ¿eh? Es un golpe en el mismo corazón. Luego se recuerda, se sueña, y aunque pasen muchos años se despierta uno a media noche pensando en ese ruido con repelucos y sudores por todo el cuerpo. No pretendo decir que el vapor estuviera flotando siempre. Más de una vez tuve que ponerlo a vadear, con veinte caníbales chapoteando alrededor para empujarlo. Sí, caníbales. Enrolamos a alguna de esta gente como tripulación. Buena gente, a su manera. Eran hombres con los que se podía trabajar, y les estoy muy agradecido. Y, después de todo, no se comían unos a otros ante mí: se habían traído una provisión de carne de hipopótamo que se pudrió e hizo que todo el misterio de la selva me atufara las narices. ¡Uf! Todavía puedo olerla. Y, hablando de pestazos, para colmo llevaba a bordo al Jefe y tres o cuatro peregrinos con sus cayados… Una carga completa.

'Alguna vez llegamos a una Estación junto a la orilla, aferrada a las faldas de lo desconocido. Los blancos que salían como

73

vomitados de una cabaña medio derruida con muchas mojigan-
gas de alegría y bienvenida, parecían muy extraños y tenían la
apariencia de estar ahí cautivos de un conjuro. La palabra «marfil» resonó en el aire durante un rato, y después nos fuimos otra
vez en silencio; siguiendo extensiones vacías, meandros, entre
los paredones de nuestro itinerario retorcido, con los trabajosos
golpes de la rueda reverberando a palmotazos huecos. Arboles y
más árboles, millones de árboles, aspirando hacia arriba, densos,
gigantescos. Y bajo ellos, pegado a la costa, reptaba el sucio
vaporcillo, como si fuera un escarabajo moribundo bajo un pór-
tico griego. Se sentía uno pequeño y perdido; y, sin embargo,
ese sentimiento no era deprimente. Al fin y al cabo, aunque
pequeño, el escarabajo moribundo seguía arrastrándose, que era
precisamente lo que yo quería. No tengo ni idea de hacia dónde
se imaginaban los peregrinos que se arrastraba. Hacia algún
lugar de donde se pudiera arrancar algo valioso, supongo. Para
mí, se arrastraba hacia Kurtz. Exclusivamente; pero cuando el
circuito de vapor empezó a tener fugas, nos arrastramos más
despacio. Conforme avanzábamos, el camino se desplegaba por
delante y se iba cerrando por detrás, igual que si la selva se fuese
adentrando cómodamente en el agua para cortarnos el regreso.
Nos metíamos más y más hondo en el corazón de las tinieblas.
Todo estaba muy callado allí. Algunas noches, un tumulto de
tambores tras el grueso muro vegetal venía por el río y se mantenía continuo, aunque débil, como planeando en el aire sobre
nuestras cabezas hasta el primer romper del día. A las auroras las
anunciaba un relente helado; a esa hora los que cortaban la
madera para el caldero ya estaban dormidos junto a un fuego

mortecino; el crac de una ramita hacía dar un respingo. Íbamos como vagabundos por una tierra prehistórica, una tierra que parecía un planeta vacío. Podíamos habernos imaginado que éramos los primeros hombres que se disponían a tomar posesión de una herencia maldita, que iba a costarnos una angustia profunda y un esfuerzo excesivo. Pero de pronto, cuando el vapor luchaba por doblar un recodo, entrevimos un montón de techos cónicos, paredes de juncos, una explosión de aullidos, un remolino de miembros negros, un amasijo de manos palmeando, de pies pisoteando el suelo, de cuerpos oscilando, de ojos dando vueltas desorbitados, bajo la pesada inclinación del follaje inmóvil. El barco seguía haciendo lo que podía a lo largo de aquel frenesí incomprensible. El hombre prehistórico estaba maldiciéndonos, rezándonos, dándonos la bienvenida… cualquiera sabe. Ya no servía la lógica que nos había acompañado siempre. Allí nos deslizábamos como fantasmas maravillados y asustados íntimamente, como haría cualquier persona cuerda en medio de las convulsiones eufóricas de un manicomio. No podíamos entender porque estábamos demasiado lejos de aquello; y no podíamos recordar porque viajábamos por la noche de los tiempos, ese tiempo que ya no existe, que se ha ido dejando apenas un rastro… y ningún recuerdo.

'La tierra no parecía terrenal. Estamos acostumbrados a mirarla como a un monstruo encadenado, pero aquí podía verse al monstruo libre. No era terrenal; y los hombres… No, no eran inhumanos, aunque pareciera que iba a decir eso. Nada inhumanos. Eso era lo peor de todo: la sospecha de que no eran inhumanos. Esa sospecha se llegaba a albergar poco a poco.

Aullaban y saltaban, y daban vueltas, y hacían con la cara visajes horribles; pero lo que daba miedo al verlos era pensar en su humanidad, tan innegable como la mía, la vuestra o la de cualquiera. Lo que daba miedo era pensar en un parentesco remoto con estos rugidos salvajes. Francamente desagradable. Sí, desagradable; pero, si se es lo suficientemente humano hay que admitir en uno mismo trazos desvaídos de una resonancia a la terrible sinceridad de esa algarabía, la velada sospecha de que en todo eso latía un significado que uno –uno mismo, sí, pese a estar tan alejado ya de aquella noche de los tiempos– puede comprender. Y, ¿por qué no? La mente humana es capaz de todo; porque en ella está todo, tanto el pasado como el futuro. Al fin y al cabo, ¿qué era todo ese alboroto que estábamos viendo? Allí había alegría, miedo, dolor, culto, ira... ¿quién sabe? Pero sobre todo había una verdad despojada de las enseñanzas y contaminaciones del tiempo. Vamos a dejar que los tontos se asombren y se asusten; los hombres de verdad deben saber, y pueden mirar cualquier cosa sin pestañear. Pero por lo menos hay que ser tan hombre como aquellos negros. Uno debe enfrentar sus verdades con su propia verdad, con su propia fuerza interior. ¿Los principios? Los principios no van a funcionar aquí. Son sólo adquisiciones, vestidos, bonitos adornos que saldrán volando a la primera sacudida. No; no hacen falta los gustos. Lo que hace falta es una creencia, una fe deliberada. ¿Que alguien me llama en esta bulla bestial? ¡Eh, tú! ¿Yo? Muy bien; aquí estoy, te oigo; y te admito, pero también tiene que sonar mi voz; y mi voz, para bien o para mal, es el discurso que no puede ser silenciado. Por supuesto los tontos, con su miedítis y sus buenos sentimientos, siempre están a salvo. Habrá algún humanitario que gruña al oírse llamar «tonto». Claro, el pobre está sorprendido de que no me enrollara con los negros y me fuera a la costa para echar un bailecito y dar unos cuantos aullidos. Él lo hubiera hecho. Pues yo no; no lo hice. ¿Buenos sentimientos, dice? Una mierda para los buenos sentimientos. Ni siquiera tenía tiempo para ellos. Bastante liado estaba haciendo tiras las sábanas para vender todos los tubos que goteaban. Tenía que vigilar el timón, y esquivar troncos y conseguir que mi pobre cafetera siguiera adelante por las buenas o por las malas. En serio. En el exterior de esas cosas hay ya bastante verdad como para mantener a salvo a alguien más sabio que yo. Y también tenía que estar atento al salvaje que hacía de fogonero. Era un espécimen de negrazo algo civilizado; podía incluso mantener una caldera. Estaba ahí, junto a mí, y, palabra, mirarlo resultaba tan edificante como ver a un perro con calzones bailando en dos patas. Unos cuantos meses de instrucción habían bastado para amaestrar a este tipo estupendo. Escrutaba los manómetros con un esfuerzo de intrepidez; y, a la vez, el pobre diablo seguía teniendo dientes afilados con lima, algunas partes de la cabeza rapadas según un diseño extravagante, y tres cortes ornamentales en cada mejilla. Debería haber estado aullando en la orilla, y sin embargo estaba ante la caldera, tratando de entender ese mecanismo embrujado, convencido de su conocimiento absoluto. Resultaba útil porque había sido enseñado; y todo lo que sabía era esto: que si veía bajar mucho el agua del tubo transparente, el demonio maligno que había dentro de la caldera se enfadaría porque tenía sed, y entonces tomaría una horrible venganza. Así que sudaba, se apuraba con el soplillo, y vigilaba con temor el nivel de agua. Todo esto con un amuleto improvisado, hecho de harapos amarrados al brazo, y un trozo de hueso pulido, más grande que un reloj, incrustado horizontalmente en su labio inferior. Mientras, las orillas espesas pasaban despacio, el breve ruido de aquella tribu se quedaba atrás, se avecinaban más interminables millas de silencio... y seguíamos arrastrándonos hacia Kurtz. Seguíamos arrastrándonos, pero había muchas ramas flotantes, las aguas eran traicioneras y de poco calado, la caldera parecía albergar realmente a un demonio hostil, y por eso ni el fogonero ni yo teníamos un segundo para atisbar nuestros pensamientos acechantes.

'Unas cincuenta millas antes de la Estación Interior apareció una choza de juncos, un mástil tumbado melancólicamente, con jirones irreconocibles de lo que alguna vez fue una bandera, y un montón de leña apilada. Esto era inesperado. Fuimos hasta la orilla y encontramos sobre la leña un trozo de cartón en el que habían garabateado algo desvaído. Cuando logramos descifrarlo, vimos que decía: «Cojan la leña. Dénse prisa. Acérquense con cuidado». Seguía una firma, pero no era legible. No era de Kurtz, parecía una palabra mucho más larga. «Dénse prisa». ¿Hacia dónde? ¿Río arriba o río abajo? «Acérquense con cuidado». La verdad es que no habíamos hecho eso. Aunque el consejo podía referirse para luego. Algo iba mal arriba. Pero, ¿qué y cómo? Esa era la cuestión. Hicimos algún comentario sobre la estupidez de ese lenguaje telegráfico. Naturalmente, la maleza que nos rodeaba ni decía nada ni nos dejaba mirar más allá. Una desgarrada cortina roja al bies colgaba de la puerta de la choza y aleteaba tristemente. El habitáculo estaba desmantelado; pero podía verse que hasta no hacía mucho allí había vivido un blanco. Quedaba una mesa elemental: un tablero sobre dos postes; había basura amontonada en un rincón y, junto a la puerta, un libro. No tenía cubiertas, y las páginas estaban sobadas hasta hacerse gachas; pero le habían recosido cariñosamente el lomo con hilo de algodón, que todavía parecía limpio. Era un hallazgo insólito. Se titulaba *Investigaciones sobre algunos Aspectos Náuticos*, y lo había escrito un tal Towser, Towson... o algo así, de la Armada Real. El tema parecía indigerible, y tenía croquis y repelentes tablas de datos. Era una edición que ya tenía sesenta años. Hojeé esa antigualla insólita con ternura, no fuera a pulverizárseme en las manos. En su interior, Towson o Towser hacía sesudas digresiones acerca de las tensiones máximas que pueden soportar cadenas, maromas y demás. No era un tema muy cautivador que digamos; pero al primer vistazo podía verse en él una claridad de intenciones, un interés decente en las formas correctas de hacer un trabajo que, muchos años después, seguía iluminando esas páginas humildes con otra luz además de la simplemente profesional. El viejo Towser, o Towson, con su charla acerca de cadenas y anclajes, me dio una deliciosa sensación de haberme encontrado por fin algo inconfundiblemente real que hacía olvidar por un rato a la selva y a los peregrinos. Que ese libro estuviera allí, ya era un milagro; pero aún más milagrosas eran las notas a lápiz del margen, que comentaban el texto: ¡no podía creerlo!; ¡estaban escritas con un alfabeto cifrado! Sí, estaban en clave. Imaginaos a un hombre arrastrando semejante libro hasta este confín, estudiándolo y anotándolo… ¡en lenguaje secreto! Era un misterio extravagante.

'Durante algún tiempo tuve la confusa noción de un ruido molesto, y cuando levanté la vista vi que el montón de leña ya no estaba y que el Jefe, con la ayuda de todos los peregrinos, me estaba llamando a voces desde la orilla. Me metí el libro en el bolsillo. Os aseguro que interrumpirme la lectura fue como si me hubieran robado una amistad antigua y fuerte.

'Arranqué otra vez mi cojitranco vapor. «Debe ser ese miserable comerciante por libre… Ese intruso», exclamó el Jefe, mirando malévolamente a la orilla que acabábamos de dejar. «Creo que es inglés», dije yo. «Pues eso no lo va a salvar de tener problemas si sigue metiéndose donde no lo llaman», murmuró sombríamente el Jefe. Añadí con fingida inocencia que nadie está libre de «tener problemas» en este mundo.

'Ahora la corriente era más rápida, el vapor estaba dando las últimas boqueadas, las palas chapoteaban sin fuerza, y me sorprendí esperando de puntillas cada siguiente latido del cacharro, porque, sinceramente, esperaba que tirara la toalla de un momento a otro. Era como aguardar el último suspiro de una vida. Pero, mientras, seguíamos reptando. De vez en cuando intentaba tomar referencia en algún árbol a proa que me sirviera para medir el progreso hacia Kurtz, pero invariablemente se me confundía con otros antes de llegarle al lado. La paciencia humana no soporta fijar los ojos en una sola cosa durante mucho tiempo. El Jefe hacía gala de una resignación maravillosa. Yo, en cambio, me irritaba; y me pasaba horas discutiendo conmigo mismo los pros y contras de hablar abiertamente con

Kurtz; pero, antes de alcanzar ninguna decisión, pensaba que tanto hablar como no hablar, cualquier cosa que hiciera, cualquier acción, sería completamente inútil. ¿Qué importaba ya lo que uno supiera o ignorase? ¿Qué importaba ya quién fuese el Jefe? A uno le llegan a veces revelaciones así. La esencia de todo este asunto yacía muy por debajo de la superficie, fuera de mi alcance y fuera de mi capacidad de intromisión.

'Hacia la tarde del segundo día después de haber recogido la leña, calculé que estaríamos a unas ocho millas de la Estación de Kurtz. Estaba dispuesto a hacer de un tirón lo que quedaba; pero el Jefe se puso serio, y me dijo que la navegación en ese último tramo sería tan peligrosa que haría aconsejable, ya que estaba atardeciendo, esperar donde estábamos hasta la mañana siguiente. Además, apuntó que si íbamos a seguir la advertencia de la nota, deberíamos acercarnos a la luz del día; no en plena noche, ni siquiera oscureciendo. Reconocí que todo esto era de sentido común. Tal como estaba ya el barco, ocho millas significaban tres horas; y, en algunos lugares, la superficie se rizaba sospechosamente. Sin embargo, yo no sólo estaba contrariado hasta lo indecible por el retraso, sino que me había vuelto incluso irracional, porque una noche más no iba a significar nada después de tantos meses. Como teníamos madera en abundancia y se nos había recomendado precaución, fondeé a mitad de la corriente. El río era estrecho donde estábamos, recto, encajonado como una garganta. Se hizo oscuro allí mucho antes de que el sol se pusiera. La corriente era suave y continua, pero una inmovilidad muda se había apoderado de las orillas. Los árboles, vivos, estaban hechos una pieza por las lianas y arbustos, vivos

81

también, y parecían petrificados desde sus raíces oscuras hasta la hoja más liviana. Aquello no era un sueño… Era un delirio sin naturalidad, como un trance. No se oía el menor rumor. Uno se quedaba cuajado, y empezaba a sospechar si no se habría vuelto sordo. Entonces cayó la noche y, tras la sordera, vino la ceguera. Sobre las tres de la mañana saltó algún pescado enorme, y di un bote igual que si hubieran disparado un fusil. Cuando amaneció, había una niebla blanca, pegajosa, caliente, que dejaba ver menos que la oscuridad nocturna. No se movía; seguía allí, cercando como algo sólido. Sobre las ocho, o quizás cerca de las nueve, se levantó como una persiana. Se pudo ver por un momento la impresionante multitud altiva de los árboles, la inmensa jungla entretejida, y la bolita ardiente del sol flotando encima. Todo absolutamente quieto. Y luego bajaron otra vez la persiana blanca, como deslizándola por raíles bien engrasados. Di orden de arriar el ancla que ya estábamos levando. Antes de que la cadena se desenrollara del todo, cuando aún matraqueaba sordamente, un grito, un aullido absolutamente desgarrado, como de desolación infinita, planeó despacio en el aire opaco. Luego cesó. Y, entonces, un clamor quejumbroso, modulado en discordancias salvajes, nos aturdió los tímpanos. Lo inesperadamente abrupto de su irrupción me puso los pelos de punta. No sé cómo le afectó a los demás: para mí fue como si ese tumulto funeral hubiera salido de la niebla misma, por todos sus costados a la vez. Culminó con una expansión apresurada de chillidos casi inaguantables que se pararon en seco, dejándonos congelados en las más variadas actitudes estúpidas, y tratando obstinadamente de oír algo más en el silencio –espantoso también– que había sobrevenido. «¡Dios! ¿Qué significa…?», tartamudeó junto a mi codo un peregrino gordito con el pelo arenoso, patillas rojas, botas de agua y un pijama rosa remetido en los calcetines. Otros dos permanecieron boquiabiertos todo un minuto, luego desaparecieron en una exhalación en la cabina y al momento volvieron a salir sin freno en los ojos ni en las entendederas y con los Winchesters montados, para quedarse allí sin saber qué hacer, echando miradas asustadas en todas direcciones. En realidad, sólo podía verse parte del vapor en que íbamos, con sus perfiles semiborrados como si estuvieran a punto de disolverse, y una brumosa franja de agua, de no más de dos pies a su alrededor. Y eso era todo. En lo que respecta a nuestros sentidos, el resto del mundo no existía. Simplemente no existía. Desaparecido, disuelto; barrido sin haberse dejado atrás ni un susurro ni una sombra.

'Di la orden de ir recogiendo poco a poco la cadena del ancla, sólo con la intención de estar preparado para desengancharla y mover rápidamente el barco si se hacía necesario. «¿Van a atacarnos?», susurró una vocecilla aterrorizada. «Nos van a descuartizar en esta niebla», atipló otra. Las muecas se les engarrotaban con la tensión, las manos les temblaban ligeramente, a los ojos se les olvidaba parpadear. Era muy instructivo comparar las expresiones de los blancos con las de los negros de la tripulación, que en esa parte del río eran ya tan intrusos como nosotros aunque tenían su tribu a ochocientas millas de allí. Los blancos –por supuesto descompuestos– tenían además un curioso gesto de estar dolidamente extrañados por un tumulto tan escandaloso. Los otros tenían expresiones alerta y, naturalmente, interesadas; pero en el fondo sus caras estaban tranquilas. Incluso las de los dos que apretaban los dientes mientras jalaban el ancla. Algunos intercambiaban frases cortas con las que parecían aderezar la cuestión a su gusto. Su jefe, un joven ancho de pecho, austeramente ataviado con un vestido grecado en azul marino, de narices despampanadas con furia y un complicadísimo peinado a base de tirabuzones grasientos, estaba junto a mí. «¡Ajá!», le dije por pura camaradería. «Cace a ellos», ladró con una sombra sangrienta en los ojos y un relumbrón de dientes agudos. «Cace a ellos. Para nosotros». «Para vosotros, ¿eh?», dije; «¿Y qué haríais después?». «¡Comer a ellos!», dijo secamente; y acodado en la borda, miró al fondo de la niebla con una actitud soñadora concentrada y digna. Se les había contratado por seis meses; aunque no creo que ninguno tuviera una idea clara del tiempo, como la que tenemos nosotros después de tantos siglos. Ellos aún pertenecían a los inicios del tiempo, no tenían ninguna experiencia heredada de la que aprender lo que era. Pero se les había contratado por seis meses y, desde el momento en que mediaba un trozo de papel escrito según alguna ley farsante venida de río abajo, nadie iba a preocuparse ya de cómo iban a vivir en el barco. La verdad es que se habían traído algo de carne podrida de hipopótamo, que no hubiera durado mucho tiempo incluso si los peregrinos no la hubiesen tirado por la borda en medio de una algarabía colegial. Esto podría parecer un comportamiento algo despótico; pero realmente era una cuestión de legítima defensa. Uno no va a estar oliendo hipopótamos muertos desde que se levanta hasta que se acuesta y, a la vez, empeñarse en vivir aunque sea precariamente. Además de eso, todas las semanas se les pagaba con alambre de latón cortado en tres trozos de nueve pulgadas exactas; algún genio de la Economía había deducido que con esa estúpida moneda podrían comprar provisiones en los sin duda muchísimos poblados de la ribera. Os podéis imaginar lo bien que funcionaba eso. No había poblados o, si aparecían eran hostiles, o nuestro Jefe, que como todos nosotros se alimentaba con latas de conservas, no consentía que nos detuviéramos por alguna razón más o menos recóndita. Así que, a menos que aprendieran a digerir alambres, o que hicieran con ellos anzuelos a ver si algún pez picaba, no veo de qué podía servirles un salario tan extravagante. Eso sí, tengo que decir que se les pagaba con una puntualidad religiosa digna de tan excelsa y honorable Compañía. Por lo demás, lo único que podían comer, aunque no parecía comestible en absoluto, eran pelotones de una porquería parecida a masa medio cocida color lavanda sucio que guardaban envueltos en hojas, y de los que de vez en cuando trincaban un bocado, aunque tan pequeño que más parecía que lo hicieran por aparentar comer que con un propósito serio de sustento. Eran treinta contra cinco, así que sigo sin entender por qué no se abalanzaron sobre nosotros en nombre de todos los demonios del hambre y se dieron de una vez una buena comilona. Eran unos tíos enormes, con valor, poca capacidad para medir las consecuencias, e incluso con fuerza… aunque ya no se les veía tan lustrosos. Pero algo los cohibía; uno de esos misterios humanos que refutan a las leyes de la probabilidad, estaba interviniendo ahí. Los miré entonces con un interés nuevo. No porque pensara que iban a comerme pronto, aunque reconozco que precisamente entonces percibí –bajo otra perspectiva, digamos– lo insanos que parecían los peregrinos; y esperé, sí, realmente tenía esperanzas de que mi aspecto no fuera... ¿cómo decirlo?... Tan poco apetitoso: un ramalazo de vanidad demente que encajaba muy bien con la sensación de sueño que me impregnaba por aquel entonces. Quizás tenía un poco de fiebre. No se puede estar siempre tomándose el pulso. Muchas veces he tenido «un poco de fiebre», o «un poco»... de algo desde que estuve allí: los inocentes zarpazos que me dio la selva, los primeros síntomas sin importancia que aparecen antes del ataque final, que ya llegará a su debido tiempo. Sí; yo los miraba igual que miraríais vosotros a cualquier ser humano sometido a la prueba de una necesidad física: con curiosidad por sus impulsos, facultades, motivos y debilidades. ¿Dije antes «cohibidos»? ¡Contención!... ¿qué forma de contención? ¿Eran supersticiones, desagrado, paciencia, miedo... o tenían algún tipo de honor primitivo? No hay miedo que pueda pararle los pies al hambre; ni puede haber paciencia para soportarla; y el desagrado o el asco simplemente no existen donde el hambre impera; en cuanto a las supersticiones, creencias o lo que algunos llaman principios, importan tanto como una mota en el viento. ¿No conocéis a los demonios del hambre, su tormento desesperante, sus pensamientos negros, su ferocidad sombría y alevosa? Pues yo sí. Y sé que le arrebatan a cualquiera toda la fuerza interior que le haría falta para... luchar contra el hambre, precisamente. Es mucho más fácil enfrentarse a la muerte de alguien amado, al deshonor, e incluso a la pérdida de la propia alma, que al hambre que se prolonga un día tras otro. Es triste, pero es así. Y estos negrazos no tenían razón alguna para los escrúpulos. ¡Contención! Como si se la predicáramos a las hienas que merodean los campos de batalla. Pero el hecho es que no nos comieron. Y ahí estaba ese hecho delante de mí, deslumbrante, visible: no nos comieron. Un misterio que, cuando lo pienso, era mayor que la entonación de pena de aquel clamor salvaje que nos llegó de la niebla.

'Dos peregrinos estaban discutiendo en voz baja acerca de las orillas. «La de la izquierda». «No, qué va; ¿cómo se te ocurre? La de la derecha, desde luego, la de la derecha». «Es muy serio», oí detrás de mí la voz del Jefe; «me sentiría desolado si algo le pasase al señor Kurtz antes de que lleguemos». Lo miré y no tuve la más mínima duda de que era sincero. Era el tipo de hombre que habría deseado siempre, incluso en esto, mantener las apariencias. Esa era su «contención». Pero cuando murmuró algo acerca de ir inmediatamente, ni siquiera me tomé la molestia de contestarle. Sabía igual que yo que eso era imposible. En el momento en que el ancla se desenganchara del fondo, estaríamos en el aire, en el espacio. No sabríamos si íbamos río arriba, o río abajo, o a través... hasta que nos embarrancásemos en la orilla. Y aun entonces no sabríamos si era la de la izquierda o la de la derecha. Por supuesto, no me moví. No tenía intención de encallar. No podéis imaginaros un sitio peor para naufragar. Tanto si nos hundíamos en un plisplás como si no, podíamos estar seguros de palmarla de una forma u otra. «Lo autorizo a asumir cualquier riesgo», me dijo después de un momento callados. «Me niego a correr ninguno», dije secamente; y ésa era precisamente la respuesta que él esperaba oír, aunque el tono pudiese sorprenderlo. «Bien, debo acatar su decisión. El capitán es usted», dijo con una cortesía notable. Le di la espalda para expresar así mi aprecio, y miré a la niebla. ¿Hasta cuándo duraría? Era el apagón más desesperanzador que he visto nunca. El acercamiento a este Kurtz que rascaba en la maldita selva buscando marfil, estaba tan jalonado de peligros como si hubiese sido una princesa encantada dormida en su fabuloso castillo. «¿Cree que atacarán?», preguntó confidencialmente el Jefe.

'No lo creía, por varias razones obvias. La niebla era una de ellas. Si salían en sus canoas acabarían perdidos, igual que nos pasaría a nosotros si intentásemos movernos. Por otra parte, había considerado que la maleza era completamente impenetrable, y sin embargo estaba llena de ojos, ojos que nos habían visto. Desde luego, el forraje era muy espeso en las orillas; pero detrás debía serlo bastante menos. Sin embargo, no había visto ninguna canoa en las orillas durante el ascenso ni, desde luego, alrededor del barco. Pero lo que me hizo inconcebible la idea de un ataque fue la naturaleza de los gritos que habíamos escuchado. No tenían el carácter feroz que encarna a las acciones hostiles inmediatas. Pese a haber sido inesperado, salvaje y violento, me dejó el regusto de un dolor irresistible. Por alguna razón, la vista del vapor llenó a los salvajes de una pena que no se podía contener. Expuse que, si existía algún peligro, era el de nuestra cercanía a una gran pasión desatada. Incluso el dolor más atroz puede desembocar en violencia; pero por regla general se disuelve en simple apatía…

'¡Teníais que haber visto cómo me miraban los peregrinos! Ya no les quedaban fuerzas ni para blasfemar ni para echarme una sonrisita; estoy seguro que creían que me había vuelto loco. De miedo, pensarían ellos, claro. Los sermoneé como es habitual en estos casos. Vamos, muchachos, preocuparse ahora no conduce a nada. ¿Estar atento? Hombre, os podéis imaginar que yo estoy más atento a la niebla que un gato a un ratón; pero, en cuanto a lo demás, los ojos nos son tan útiles como si nos hubieran enterrado en un montón de algodones. La verdad, ya entre nosotros, es que parecía justamente eso: una sensación de agobio cálida y asfixiante. Además, aunque dije cosas bastante extravagantes, todas eran absolutamente ciertas. Lo que luego contamos como un asalto fue en realidad un intento de rechazo. Aquello no tuvo nada de agresivo; ni siquiera de defensivo, en el sentido corriente en que entendemos eso: el griterío fue resultado de la tensión que se siente al desesperarse y, en el fondo, era solamente protector.

'Esa tensión, por decirlo de alguna manera, se desató dos horas después de que levantara la niebla, cuando estábamos a una milla y media más o menos de la Estación Interior. Acabábamos de doblar a duras penas un recodo, cuando vi un islote, un simple montículo de hierba brillante, en la mitad del río. Era lo único que se veía pero, cuando tuvimos más perspectiva, me di cuenta que era la cabeza de un banco de arena o, más bien, de una cadena de bajíos arenosos hecha de cúmulos poco profundos que podían verse bajo el agua como puede verse una espina dorsal bajo la piel. La elección estaba clara: podía coger el canal de la derecha, podía coger el de la izquierda, o podía meterme de cabeza en los bajíos. Por supuesto, no conocía ni el canal de la izquierda ni el de la derecha. Los dos parecían idénticos, y con la misma profundidad; pero, como me habían dicho que la Estación estaba en el lado occidental, tiré por ese lado.

'Apenas entramos, me di cuenta de que era mucho más estrecho de lo que había supuesto. A la izquierda quedaba el largo y continuo banco de arena; y, a la derecha, otro banco alto y aterraplanado, con muchos arbustos. Por encima, seguían los árboles en filas apretadas. Las ramas colgaban sobre la corriente y, de cuando en cuando, alguna rama mayor se adentraba tiesa sobre ella. Estaba bien entrada la tarde, la selva tenía cara de pocos amigos, y una franja ancha de sombra cubría ya parte del agua. Íbamos ya por esta sombra; muy despacio, como podéis imaginaros. Bordeé la orilla todo lo que pude, porque el agua era más profunda allí, según había visto con el palo de sonda.

'Uno de mis hambrientos y contenidos amigos los caníbales iba sondeando en la proa, justo por debajo de donde estaba yo. Mi vapor era algo así como una gabarra con caldera. En el puente había dos pequeñas casetas de teca, con sus puertas y ventanas. La caldera iba delante, y las máquinas estaban a popa. Al puente lo cubría un tejadillo ligero sobre hincos. La chimenea lo atravesaba y, frente a ella, una cabina pequeña hecha de tablas ligeras hacía de habitáculo para el piloto. Dentro había un catre, dos taburetes bajos, un fusil cargado en un rincón, una mesita, y la rueda del timón. Delante tenía una puerta ancha, y dos postigos grandes a los lados. Naturalmente, todo esto estaba abierto siempre. Me pasaba el día encaramado en el borde del tejadillo, ante la puerta. Por la noche, dormía o intentaba dormir en el catre. El timonel era un negrazo atlético de alguna tribu costera educado por el pobre Fresleven. Llevaba aros en las orejas y se envolvía de cintura a tobillos en un trapajo azul. Estaba encantado de haberse conocido, y era el idiota más inestable que he visto jamás. Timoneaba con una jactancia infinita si alguien lo estaba mirando; pero en cuanto se quedaba solo era presa de una mieditis mortal y dejaba que aquel vapor de tres al cuarto se le fuera de las manos en menos de un minuto.

'Estaba mirando a la pértiga de sonda, sin hacerme ninguna gracia ver que a cada nueva cata ahondaba menos, cuando vi que el negro que la manejaba dejaba de pronto su ocupación para tenderse en cubierta sin tomarse siquiera la molestia de sacar el palo –aunque seguía aferrado a él– que iba haciendo una estela en el agua. El fogonero, a quien también tenía a la vista desde allí arriba, se sentó abruptamente ante el nicho y dobló la cabeza. Me extrañé. Pero tuve que concentrarme en el río, porque había un obstáculo en el canal. Palos, muchos palos pequeños venían volando espesos. Silbaban en mis narices, se me caían delante, golpeaban en la cabina del piloto. Mientras tanto, el río, la costa, el bosque, estaban muy callados, en un silencio perfecto. Sólo oía el chapaleo de la rueda y el repiquetear de aquellos palitroques. Esquivamos el obstáculo por chiripa. Entonces vi mejor aquellos palos. ¡Eran flechas! Corrí para cerrar el postigo del lado de tierra. Aquel estúpido timonel seguía con las manos en la rueda, pero levantaba las rodillas sin parar, estampaba los pies en el suelo, abría y cerraba las mandíbulas como un caballo encabritado. ¡Maldito fuera! Y, mientras, íbamos haciendo eses a diez pies de la orilla. Tuve que embrocarme bastante hacia fuera para entornar el postigo, y vi en la orilla una cara entre las hojas a mi mismo nivel, mirándome fija y fieramente; y entonces, como si de repente me hubieran quitado una venda de los ojos, descubrí al fondo de la oscuridad enmarañada, pechos desnudos, piernas, brazos, ojos… La maleza entera hervía de miembros morenos en movimiento, brillantes. Las ramas se agitaban, se mecían, crujían, las flechas salían volando desde allí… y por fin logré cerrar el postigo. «¡Mantén recto el rumbo!», le dije al timonel. Se mantuvo rígido, mirando hacia adelante; pero tenía los ojos como un carrusel, siguió pataleando un poco, y echaba espuma por la boca. «¡Estate quieto!», le grité furioso. Igual podía haberle ordenado a un árbol que no se moviera con el viento. Salí fuera de un salto. Bajo mí sonaba un pataleo enorme en el puente metálico; exclamaciones confusas; una voz gritó «¿Puede volver el barco?». Noté que el agua se ondulaba por delante en forma de V. ¿Qué era eso? ¡Otro obstáculo! Sonó una descarga. Los peregrinos habían abierto fuego, y estaban soltando plomo a chorros sobre aquellos arbustos. Se levantó una humareda que poco a poco voló adelante. Blasfemé. Estupendo. Ahora no podía ver nada. Me quedé junto a la puerta, escudriñando al frente, mientras las flechas seguían cayendo a puñados. A lo mejor estaban envenenadas, pero la verdad es que no parecían capaces de matar ni a un gato. La selva empezó a aullar. Nuestros cortadores de madera respondieron con algo así como un grito de guerra; una descarga me dejó sordo por un instante. Miré por encima del hombro y, aunque la garita del piloto estaba aún llena de humo, me abalancé a la rueda del timón. El puto negro lo había dejado todo para irse a abrir el postigo y disparar con el fusil que había en la cabina. Estaba alegremente expuesto en el centro del postigo, mirando como si nada, y le grité que volviera mientras enderezaba la violenta derrota del vapor. Ya no había espacio para girar aunque hubiera querido, el tronco seguiría en algún sitio cerca de la proa, no quedaba tiempo, así que lancé al barco contra la orilla; contra la mismísima orilla, donde al menos sabía que el calado era mayor.

Fuimos tirando despacio bajo el techo vegetal en un torbellino de ramas rotas y hojas volanderas. Habían parado las descargas de abajo, tal y como había previsto que ocurriría en cuanto se vaciaran los cargadores. Me volví atrás hacia un silbido que atravesó la garita de postigo a postigo. Más allá de aquel timonel imbécil, que estaba agitando el fusil vacío y aullándole a la costa, vi formas vagas de hombres que corrían agachados, saltando y escurriéndose, nítidas, pero incompletas y evanescentes. De pronto apareció en la ventana algo enorme, el rifle cayó al agua, el timonel retrocedió rápidamente, me miró por encima del hombro de una forma extraordinaria, profunda, familiar, y cayó a mis pies. Se dio con la cabeza dos veces en la rueda del timón, y el extremo de lo que me pareció una caña tiró un taburete. Parecía como si el piloto hubiera perdido el equilibrio después de arrancarle eso a alguien de la costa. La humareda se había disipado, habíamos evitado el tronco y a unas cien yardas adelante ya podría alejar el barco de la orilla; pero tenía los pies mojados y calientes, así que tuve que mirar al suelo. El negro se había vuelto panza arriba y me miraba fijamente sujetando con las dos manos esa caña. Era el mango de una lanza que, tirada o simplemente metida por la ventana, se le había hundido en el cuerpo bajo las costillas; había entrado tanto que la hoja no se veía, después de hacerle una raja espeluznante; mis zapatos estaban empapados de sangre; un charco brillante de un rojizo oscuro estaba muy quieto bajo la rueda del timón; al negro le brillaban los ojos con un fulgor aterrador. Estalló otra descarga. El timonel me miró ansiosamente, aferrándose a la lanza como a algo precioso que yo fuese a quitarle. Me costó librarme de su mirada para atender a la derrota. Tanteé por encima de mí hasta que encontré la cuerda de la sirena y tiré de ella pitando una y otra vez. Los aullidos de guerra cesaron al instante, y luego salió de las profundidades tal lamento de miedo funerario y desesperación absoluta como si se hubiera perdido la última esperanza del planeta. La maleza se había conmocionado; la lluvia de flechas paró, algunos disparos sueltos salieron del barco; y luego el silencio, un silencio que sólo violaban los lánguidos golpes de las paletas. Estaba virando todo a estribor cuando el peregrino del pijama rosa apareció en la puerta. «Me envía el Jefe…», empezó en un tono oficial, pero se paró en seco. «¡Dios mío!», dijo al ver al herido.

Los dos blancos estábamos sobre él, y su inquisitiva mirada brillante nos envolvió. Juro que parecía como si nos fuera a hacer alguna pregunta fácil; pero se murió sin emitir un sonido, sin mover un miembro, sin contraer un músculo. Sólo en el último momento, como en respuesta a alguna señal invisible para nosotros, a algún susurro que los vivos no podíamos oír, arrugó el ceño, y esa mueca dotó a su negra máscara mortuoria de una expresión amenazadora e inconcebiblemente sombría y meditabunda. El brillo de su mirada inquisitiva se fundió rápidamente en una turbiedad vacía. «¿Es usted capaz de llevar un timón?», le pregunté al peregrino. Parecía muy indeciso; pero le agarré el brazo de una manera que entendió que quería que lo llevara con ganas o sin ellas. A decir verdad, estaba enfermizamente deseando quitarme los zapatos y los calcetines. «Está muerto», dijo el peregrino inmensamente impresionado. «Sin la menor duda», respondí desatándome furiosamente los cordones. «Y, a propósito, me imagino que Kurtz también está muerto ya».

'Porque, de momento, ese era el pensamiento que me dominaba. Tuve un instante de absoluta decepción, como quien descubre que se ha esforzado por algo insustancial. De hecho, estaba tan disgustado como si hubiera hecho el viaje sólo en pos de Kurtz. Hablarle… Lancé un zapato por la borda y me di cuenta de que eso, hablarle, era precisamente lo que había estado deseando desde que salí. Hablarle a Kurtz. Hice el extraño descubrimiento de que nunca me lo había imaginado como un cuerpo, sabéis, sino como una voz. No me decía, «Ahora ya no voy a verlo», o «Ahora ya nunca le daré la mano», sino «Ya no voy a escucharlo nunca». Siempre me lo representaba como un sonido. Y, por supuesto, nunca pude imaginármelo haciendo nada físico. ¿No me habían dicho con todas las entonaciones de la envidia que Kurtz había reunido, chalaneado, timado o robado más marfil que todos los demás agentes juntos? Pues esa no era la cuestión. La cuestión estribaba en que era una persona realmente dotada, pero la dote que prevalecía entre todas y le aportaba una entidad real, era su habilidad para hablar, sus palabras, el don del lenguaje, que es el don más desconcertante, iluminador, exaltado, despreciable; esas sístoles de luz y esas diástoles engañosas en el alma de un negro impenetrable.

'El otro zapato voló hasta el río. Y, carajo, pensé que ya todo se había acabado. Llegamos tarde. Se ha ido. El don de la palabra se ha ido gracias a alguna lanza, una flecha o un mazazo. Nunca oiré hablar a Kurtz después de tanto; y mi dolor tenía un raro matiz de emoción, como el que había notado poco antes en los aullidos de esos salvajes. No creo que me hubiera sentido más desolado si me hubieran chafado un mito, o si hubiese equivocado mi destino... Oye, el que sea, ¿por qué suspiras de esa forma tan burra? ¿Os parece absurdo? Bueno, pues absurdo. ¡Dios!, ¿uno no puede alguna vez...? En fin, dadme un poco de tabaco...'

Se hizo una pausa intensa, luego relumbró una cerilla, y apareció la cara seca de Marlow, cansada, hundida, con arrugas verticales y párpados caídos, con aspecto de atención concentrada; y, conforme aspiraba bocanadas de la pipa, parecía avanzar y retroceder en la noche según las fluctuaciones intermitentes de la llamita. La cerilla se apagó.

¡Absurdo!', gritó. 'Eso es lo peor de querer contarlo... Estáis todos ahí, bien anclados, con un carnicero en una esquina y un policía en la otra, buen apetito y temperatura normal. Eso es: normal durante todo el año. ¡Y decís que esto es absurdo! ¡Absurdo y una mierda! ¡Absurdo! Queridos, ¿qué se puede esperar de un hombre que se ha disparatado tanto como para tirar por la borda un par de zapatos nuevos? Ahora que lo pienso, lo raro es que no me echara a llorar. En general, estoy orgulloso de mi entereza. La idea de haber perdido el privilegio de escucharlo me había destrozado. Por supuesto, aunque no lo sabía aún, estaba equivocado. Gozaría de ese privilegio. Sí, lo escuché más que suficientemente. Y yo tenía razón. Kurtz era una voz. Apenas era nada más que una voz. Y lo escuché. A él, a su voz y a otras voces; todos eran poco más que voces, y el recuerdo de todo eso se me ha adherido, impalpable, como la vibración moribunda de un imparable discurso atroz, sórdido, tonto, salvaje, o simplemente austero, pero en todo caso sin sentido. Voces, voces. Incluso su novia, ahora…'

Se calló durante mucho tiempo.

'Por fin conjuré al fantasma de su talento con una mentira', siguió de pronto. '¡Su novia! Vaya; ¿así que he nombrado a una chica? Oh, su novia está fuera de todo esto… completamente fuera. Ellas, las mujeres, quiero decir, deberían estar fuera de estas cosas. Tenemos que ayudarlas a seguir en su mundo, si no queremos que el nuestro se vuelva todavía peor. Sí, ella tenía que mantenerse fuera de aquello. Deberíais haber oído al cuerpo aún insepulto de Kurtz diciendo «Mi novia». Así es como habríais notado lo absolutamente fuera de todo que estaba ella. ¡Y la frente despejada de Kurtz! Dicen que el pelo sigue creciendo después de la muerte, pero este… espécimen estaba ya calvo. La vida salvaje le tocó la cabeza con su varita mágica y, ¡hale hop!, se quedó como una bola de billar… de marfil, claro; la madre naturaleza lo había acariciado, y –¡tatachán!– Kurtz se secó; la selva lo había cogido, amado, abrazado, se había metido en sus venas, consumido sus carnes y sellado su alma junto a la suya mediante alguna iniciación demoníaca. Kurtz era el niño mimado de la Vida Salvaje. ¿Y el marfil? Supongo que consiguió mucho. Montones, montañas de marfil. El cobertizo de la Estación estaba lleno hasta los topes. Se podría pensar que ya no quedaba un sólo colmillo sobre la tierra o enterrado bajo ella. «La mayor parte fósil», había dicho despreciativamente el Jefe. No era más fósil que yo; pero lo llaman fósil cuando tienen que desenterrarlo. Por lo visto, esos negros tienen a veces la costumbre de meterlo bajo tierra, aunque evidentemente no pudieron enterrar esta última partida lo suficientemente honda como para salvar a Kurtz de su destino. Llenamos de marfil todo el vapor, y además tuvimos que estibar mucho sobre el puente. Así pudo disfrutarlo hasta el final, porque el aprecio del marfil no lo abandonó nunca. Deberíais haberlo oído decir, «Mi marfil». Sí, yo lo oí. «Mi novia, mi marfil, mi Estación, mi río, mi…» todo era suyo. Oyéndolo, me hizo contener el aliento esperando que la selva entera estallara en carcajadas hasta estremecer los cimientos de las estrellas. Decía que todo era suyo, sí, pero eso era lo de menos. Lo de más era saber a qué pertenecía él, cuántos poderes tenebrosos lo reclamaban y se lo disputaban. Ése sí era el pensamiento que daba escalofríos por el espinazo. No era posible, ni beneficioso, imaginárselo. Pero ocupaba un trono entre los demonios de aquella tierra. Literalmente, quiero decir. No podéis entender esto. ¿Cómo ibais a poder?… Pisando suelo firme, rodeados de amables vecinos siempre dispuestos a felicitaros o crucificaros, yendo y viniendo sin problemas entre el carnicero y el policía, bajo el terror sagrado del escándalo, la horca o el manicomio, ¿cómo vais a imaginar en qué mundo ancestral puede meterse un hombre que no tiene los pies trabados?, un hombre que se ha internado allí a través de la soledad

—una soledad completa, sin un sólo policía— a través del silencio —un silencio completo, sin un sólo vecino—. Estas cosas aparentemente pequeñas son las que hacen las grandes diferencias. Cuando fallan, uno se queda solo con su fuerza innata, con su innata capacidad para la fidelidad. Por supuesto, hay gente tan idiota que no se equivoca nunca. Se puede tener el alma tan negra que ni siquiera se note que se está siendo asaltado por poderes de las tinieblas. Estoy seguro de que nunca ha habido un tonto que vendiera su alma al diablo: los tontos son demasiado tontos; o el diablo demasiado diablo, no sé. O se puede ser una criatura tan tormentosamente exaltada que se permanezca ciego y sordo a toda la «belleza» que no sean señas celestiales. En ese caso la tierra es sólo un sitio de paso… y no pretendo saber si eso es bueno o malo. Pero la mayoría de nosotros no somos tontos ni santos. Para nosotros, la tierra es simplemente un lugar donde vivir, y donde hay que soportar imágenes, sonidos, y hasta olores también, carajo. Aspirar hipopótamos podridos, por ejemplo, sin acabar contaminados. Y ahí es, como veréis, donde entra en juego la fuerza, la fe en la propia habilidad para excavar agujeros humildes donde enterrar la propia tarea: nuestro poder de devoción, no a uno mismo, sino a una empresa oscura y derrengante. Y eso es bastante difícil. Mirad, no intento disculparlo o explicarlo siquiera; sólo intento representarme a Kurtz, entender a la sombra de Kurtz. Ese fantasma iniciado que venía de no sé dónde me honró con sus confidencias antes de desaparecer para siempre. Lo hizo porque conmigo podía hablar inglés. Kurtz tuvo parte de su educación en Inglaterra; y, tal como él mismo decía, sus simpatías estaban desde entonces en el lado correcto. Su madre fue medio inglesa y su padre medio alemán. Toda Europa había contribuido a la construcción de Kurtz; y luego supe que, muy apropiadamente, la Sociedad Internacional Contra el Salvajismo le había encargado un informe para sus futuras directrices. Y lo había escrito. Yo lo he visto. Lo he leído. Era muy elocuente, vibraba de elocuencia, pero resultaba demasiado fuerte, creo. ¡Había encontrado tiempo allí para escribir diecisiete páginas! Pero esto debió ser antes de que, digamos, los nervios lo abandonaran y cierta noche lo hicieran presidir danzas que culminaban en ritos de los que no se cuentan, y que –según deduje de mala gana por lo que me dijeron luego– se hacían en su honor. ¿Me entendéis?: en honor del mismo Kurtz. Pero su Informe tenía estilo. El párrafo inicial, sin embargo, a la luz de informaciones posteriores, me choca ahora como amenazador. Empezaba con el argumento de que nosotros, los blancos, por el desarrollo que hemos alcanzado, «necesariamente les pareceremos [a los salvajes] seres sobrenaturales que se acercan con poderes divinos», etc. etc. «Sin más que la simple voluntad podemos ejercer poderes benéficos ilimitados», etc. etc. A partir de ahí se elevaba tanto que me arrastró. La perorata era soberbia, aunque ya sabéis que estas cosas son difíciles de recordar. Me hacía pensar en una Inmensidad exótica regida por una Benevolencia superior. Me estremecía de entusiasmo. Esto era el poderío de la elocuencia desatada, de las palabras libres, de palabras nobles que arden. La corriente mágica de las frases no estaba interrumpida por ninguna sugerencia práctica, a no ser que una nota al pie de la última página, evidentemente garabateada mucho después por una mano ya insegura, pueda considerarse la exposición de un método científico. Era una frase simple, y al final de tan conmovedora llamada a sentimientos altruistas, alumbraba, deslumbrante y terrible, como un relámpago ilumina un cielo sereno: «¡Exterminad a todos estos salvajes!». Lo curioso era que parecía haber olvidado tan esclarecedora postdata, porque, más tarde, en un momento de lucidez, me hizo jurarle encarecidamente que tendría mucho cuidado con su «panfleto», como lo llamaba, convencido de que en el futuro tendría una influencia positiva en su carrera. Yo estaba muy bien enterado de todas estas cuestiones y, además, las cosas se rodearon para que fuese yo el encargado de su memoria. Y he hecho tanto por ella que tengo el indiscutible derecho, si quiero, a tirarla al muladar del progreso, entre las demás mierdas y, hablando metafóricamente, todos los vómitos de la civilización. Pero por aquel entonces, ya veis, no estaba yo en condiciones de elegir. No será olvidado. Fuera como fuese, no era un hombre corriente. Tenía la facultad de encantar o intimidar almas primitivas y sumirlas en un aquelarre bailado en su honor; también era capaz de insuflar las más amargas aprensiones en las estrechas almas de los peregrinos. Aunque al menos tenía un amigo que lo veneraba, y al menos también había sido capaz de conquistar un alma que ni era rudimentaria ni estaba enferma de egoísmo. No; no puedo olvidarlo, aunque desde luego no voy a afirmar que llegar hasta allí mereciera una vida. La verdad es que echaba de menos horriblemente a mi piloto; lo echaba de menos pese a que su cuerpo seguía atravesado en la cabina. Quizás os parezca raro esta tristeza por un salvaje que no era más que un grano de arena en un

Sahara negro. Bueno, entendedlo, había hecho algo: había llevado el timón; durante meses lo tuve a mi espalda como una prolongación, como mi instrumento. Ya éramos una especie de sociedad. Él llevaba el timón por mí y, en contrapartida, yo tenía que controlarlo, y preocuparme de sus fallos. Así se creó un lazo invisible, del cual me di cuenta bruscamente sólo cuando se rompió. Y la hondura íntima de la última mirada que echó todavía me retumba en la memoria... como el sello que certifica una hermandad lejana afirmada en el instante supremo.

'¡Pobre tonto! Sólo con que hubiera dejado el postigo como estaba... Era como Kurtz: no tenía contención; se dejaba mover como un árbol por el viento. Tan pronto como pude me puse un par de zapatillas secas. Lo arrastré fuera, después de arrancarle la lanza, operación que confieso que realicé con los ojos apretados. Sus talones saltaron juntos el escaloncillo de la puerta; sus hombros me oprimían el pecho. Lo aguantaba apretando desesperadamente por detrás. ¡Oh!, desde luego era pesado, muy pesado; era el muerto más pesado de la tierra, supongo. Luego, lo tiré por la borda sin más protocolo. La corriente se lo llevó con la misma facilidad que a un puñado de paja, y lo vi voltearse dos veces antes de desaparecer para siempre. Los peregrinos y el Jefe se habían reunido bajo el toldo que había ante la cabina, charloteando todos a la vez como una bandada de urracas nerviosas, y se notó un murmullo escandalizado ante mi brusquedad sin corazón. No logro imaginarme para qué querrían ese cadáver estorbando por ahí. A lo mejor pretendían embalsamarlo. Pero también se oyó otro murmullo, y peor encarado, bajo el puente. Mis amigos los caníbales también estaban escandalizados, y con razón; aunque admito que era una razón completamente inadmisible. Completamente. Yo ya había decidido que si mi difunto timonel tenía que ser comido, sólo los peces se darían el festín. Mientras vivía, fue un timonel muy malo, pero ahora que estaba muerto podía ser una tentación muy buena, y causante de problemas serios. Además, estaba deseando coger el timón, porque el peregrino del pijama era un petardo sin esperanza de mejora.

'Eso es lo que hice en cuanto terminó el escueto funeral. Ibamos a media máquina, manteniéndonos en el centro del río, y escuchaba las conversaciones sobre mí. Ya habían dado por perdidos a Kurtz y la Estación. Kurtz había muerto, a la Estación la habrían quemado, y bla bla bla. El peregrino pelirrojo no cabía en sí con la idea de que al menos habían vengado a Kurtz como debe ser. «¿Qué decís, eh? Hemos hecho una carnicería grandiosa entre los arbustos. ¿Qué pensáis, eh?». Hasta bailoteaba, ése sanguinario mendigo alegre. ¡Y, hacía un momento, casi se desmaya al ver la sangre del muerto! No pude evitar decirles «¿Grandiosa? Grandiosa sólo ha sido la humareda». Me había fijado, por la forma en que los arbustos crujían y salían volando, que la mayoría de los disparos habían sido demasiado altos. No se le puede acertar a nada a menos que se apunte y dispare con el fusil apoyado en el hombro; pero esta gente hacían fuego con el arma apoyada en la cadera y cerrando los ojos. Mantuve –y con razón– que su retirada la había producido la sirena. Esto les hizo olvidarse de Kurtz por completo y empezar a ladrarme sus protestas indignadas.

'El Jefe estaba junto al timón susurrando en tono de confidencia la necesidad de quitarse de enmedio antes de que se hiciera oscuro, cuando apareció a lo lejos un trozo de orilla despejada con algo que parecía un edificio. «¿Qué es eso?», pregunté. Juntó las manos, como maravillado ante un milagro. «¡La Estación!», gritó. Viré bruscamente aunque todavía iba a media máquina.

'Vi con los gemelos la pendiente de una colina limpia de sotobosque y salpicada de árboles exóticos. La coronaba un edificio largo y abandonado, al que ya casi lo enterraba la hierba; los agujeros del tejado parecían lejanos bostezos negros; el bosque y la jungla eran todo el fondo de aquel escenario. No había ninguna valla protectora rodeando la Estación; pero quizás había habido una porque, cerca de la casa, quedaba una hilera de hincos no muy bien alineados, con las puntas decoradas por una especie de bolas talladas. Los paños que formaron la valla entre ellos habían desaparecido. Por supuesto, el bosque lo rodeaba todo. La orilla estaba despejada, y junto al agua había un blanco con un sombrero tan grande como la rueda de una carreta haciéndonos señas persistentemente con todo el brazo. Revisando arriba y abajo el borde del bosque, acabé casi convencido de que se veían movimientos, formas humanas deslizándose aquí y allá. Reduje la velocidad al mínimo, y luego paré los motores y dejé que el barco siguiera derivando. El de la costa empezó a gritarnos apremiándonos a atracar. «Nos han atacado», voceó el Jefe. «Lo sé, lo sé. Todo va bien», contestó el otro, todo lo tranquilizadoramente que os podéis suponer. «Venga. Todo va bien. Estoy muy contento».

'Su apariencia me recordó algo que había visto antes... algo gracioso que vi en alguna parte. Según iba haciendo la maniobra de atraque, me preguntaba «¿A qué se parece ese tipo?». Por fin me di cuenta. Era igual que un arlequín. Llevaba un traje que originariamente habría sido marrón, pero que ahora estaba completamente cubierto de remiendos brillantes –azules, rojos, amarillos…– remiendos por detrás, por delante, en los codos y en las rodillas; una tira de colorines alrededor de la chaqueta, perniles de bordes escarlata; y a la luz del sol parecía extremadamente alegre y aseado, porque podía verse con cuánto esmero estaban recosidos aquellos remiendos. Una cara infantil y lampiña, sana, sin rasgos notables, con la nariz despellejada, ojillos azules; y sonrisas y gestos enfurruñados que se pisaban los talones en aquel rostro como el sol y la sombra en una llanura rasurada por los vientos. «Cuidado, capitán», gritó; «anoche se atascó un tronco ahí delante». «¡Qué! ¿Otro tronco?». Reconozco que solté un taco barriobajero. Por poco le hago un boquete a mi pobre trasto justo al final de aquel encantador crucero. El arlequín de tierra me apuntó con su naricilla. «¿Inglés?», preguntó hecho todo sonrisas. «¿Y usted?», le grité desde la cabina. Las sonrisas se disiparon, y meneó la cabeza como si lo entristeciera súbitamente no poder darme la razón. Pero en seguida se animó de nuevo. «¡No importa!», gritó animosamente. «¿Llegamos a tiempo?», le pregunté. «Está ahí arriba», contestó indicando esa dirección con la cabeza y ensombreciendo sus gestos repentinamente. Tenía una cara como el cielo otoñal, nublado un momento y soleado al siguiente.

'Cuando el Jefe rodeado de peregrinos como una escolta armada hasta los dientes subió a la casa, el arlequín se vino a bordo. «Ahora se lo digo. Esto no me gusta nada. Los nativos andan por la maleza», dije. Me aseguró con mucha seriedad que no había problemas. «Son una gente muy simple», añadió; «aunque me alegra mucho que haya llegado usted. Me costó bastante mantenerlos alejados». «¡Pero si acaba de decir usted que no dan problemas…!», grité. «Oh, es que no pretenden hacer daño»; pero como yo seguía mirándolo atónito, matizó, «Bueno, no exactamente». Y luego dijo con mucha vivacidad: «¡Esta garita necesita un buen fregado!». Y casi en seguida me aconsejó tener siempre vapor en la caldera para hacer sonar la sirena si hacía al caso. «Un buen pitido es más efectivo que todos los rifles del mundo. Son una gente muy simple», repitió. Hablaba con tal velocidad que me aturdía. Parecía querer vengarse de días enteros de silencio; de hecho, insinuó riéndose que por eso hablaba así. «¿Nunca habla con el señor Kurtz?», le pregunté. «A ese hombre no se le habla: se le escucha», exclamó en un violento ataque de exaltación. «Pero ahora…». Manoteó en el aire, y en el brillo de los ojos vi la decepción más absoluta. Al instante se repuso de un salto, me tomó las manos, y me las sacudía continuamente mientras balbuceaba: «Hermano marinero… honor… placer… me presento… ruso… hijo de un pope… Tambov… ¿Qué? ¡Tabaco! Tabaco inglés; el magnífico tabaco inglés. Esto sí que es fraternidad. ¿Que si fumo? ¿Hay algún marino que no fume?».

'La pipa lo tranquilizó, y así fui descubriendo gradualmente que se había escapado de la escuela, que se había hecho a la mar en un mercante ruso; que había servido también en barcos ingleses; que ahora se había reconciliado con el pope. Subrayó eso último. «Pero cuando se es joven se deben ver cosas, tener experiencias; ensanchar la mente». «¿Ensanchar la mente aquí?», lo interrumpí. «¡Nunca se sabe! Aquí me encontré al señor Kurtz», dijo como un adolescente que deja entrever solemnemente sus reproches. Después de eso me mordí la lengua para no volver a meter la pata. Por lo visto, había convencido a una casa comercial holandesa para que lo proveyera y se había lanzado al interior de la jungla ligero de equipaje y sin más idea del peligro que la que pueda tener un recién nacido. Ya llevaba casi dos años de vagabundeo solitario por el río, desconectado de todo y todos. «No soy tan joven como parezco. Tengo veinticinco años», dijo. «Al principio el viejo Van Shuyten me mandó al diablo», contó con una alegría demente; «pero me pegué a él como una lapa, y empecé a hablar y hablar, hasta que el pobre se temió que iba a pasarme años hablando, así que me dio algunas cosas de poco valor, unas cuantas pistolas, y me despidió con el deseo de no volver a verme nunca más. Buen holandés, el viejo Van Shuyten. Hace un año le mandé una cierta cantidad de marfil, no sea que me tome por un ladronzuelo si alguna vez vuelvo. Espero que le llegara. No me preocupo de las demás cosas. Le dejé apilada algo de leña. Esa era mi anterior casa. ¿La vio?».

'Le di el libro de Towson. Estuvo a punto de besarme, pero se contuvo. «¡El único libro que me queda, y ya pensaba que lo había perdido!», dijo mirándolo extasiado. «Cuando uno va por aquí solo, le pasan muchas cosas, ¿sabe? A veces vuelcan las canoas, y otras hay que quitarse de enmedio si los nativos se enfadan». Pasaba las hojas. «¿Anotó cosas en ruso?», pregunté. Dijo que sí con la cabeza. «Creí que era un lenguaje cifrado», dije. Se echó a reír, luego se puso serio. «He tenido muchos pro-

107

blemas para mantener alejadas a esa gente». «¿Han querido matarlo?», le pregunté. «¡Oh, no!», se echó a reír otra vez, pero se controló. «¿Por qué nos atacaron a nosotros?», insistí. Dudó, y luego medio escondió la cara y dijo avergonzadamente, «No quieren que se vaya». «¿No?», pregunté picado de curiosidad. Movió la cabeza afirmativamente, con un movimiento lleno de sabiduría y misterio. «Ya se lo he dicho», gritó, «ese hombre me ensanchó la mente». Abrió los brazos de par en par, atravesándome con sus ojos azules perfectamente redondos.

TRES

'ME tenía alucinado. Ahí estaba, multicolor, como recién salido de un espectáculo de mimo, fabuloso y entusiasta. Su misma existencia era inexplicable, inverosímil y del todo desconcertante. Era un problema insoluble. No se podía entender cómo había llegado a existir, cómo había conseguido llegar tan lejos, cómo se las apañaba para permanecer en el mundo, por qué no desaparecía al instante. «Empecé por alejarme un poco», dijo, «luego me fui un poco más allá… y así hasta que me di cuenta que ya estaba tan lejos que no sabía cómo volver. No importa. Hay mucho tiempo. Puedo arreglármelas. Ustedes llévense a Kurtz pronto… Pronto, digo». El glamour de la juventud escondía sus andrajos multicolores, su pobreza hambrienta, su soledad, la desolación profunda de su vagabundeo inútil, y seguía ahí grácil, impensablemente vivo, aparentemente indestructible por la sola virtud de su juventud y su audacia irreflexiva. Me sedujo con algo parecido a la admiración. A la envidia. La juventud lo empujaba, y la juventud lo mantenía ileso. No querría nada de la selva, excepto espacio para respirar y seguir adelante. Sólo necesitaba existir y seguir, con los riesgos y privaciones que fuesen. Si el espíritu de la aventura sin planes, abstracta e inútil, ha gobernado alguna vez a un ser humano, ése era aquel joven lleno de remiendos. Lo envidié por llevar en sí una luz modesta y nítida. Parecía que había desecado en él todo pensamiento egoísta, tanto que, aunque estuviera hablando ante uno, se olvidaba fácilmente que se trataba de él; de ése hombre de ahí delante, al que le habían pasado las cosas que contaba. En cambio, no le envidiaba en absoluto su devoción por Kurtz. El arlequín no había meditado bastante sobre ella. Se le impuso como caída del cielo, y se limitó a aceptarla con fatalismo. Debo decir que me pareció lo más peligroso, en cualquier sentido, que él había vivido nunca.

'Se habían juntado inevitablemente, como dos barcos que reposan uno junto al otro acaban por restregarse las bordas. Me imagino que Kurtz necesitaba público, porque en una ocasión, acampados en la selva, hablaron toda la noche. O, más probablemente, Kurtz habló. «Hablamos de todo», dijo como si el recuerdo le provocara un trance. «Se me olvidó que existía el sueño. La noche entera no duró más de una hora. ¡De todo! ¡Hablamos de todo!... Hasta del amor». «¡Ah, le habló hasta de amor!», dije sumamente divertido. «No es lo que cree», gritó casi apasionadamente. «Hablamos del amor... en general. Me hizo ver cosas. Cosas».

'Se desperezó. Estábamos en el puente, y el capataz de mis caníbales, que andaba tumbado por ahí, lo miró con sus ojos pesarosos. Yo también miré alrededor y, no sé por qué, nunca, jamás antes de ahora, esa tierra, ese río, esa jungla, la concavidad de esa noche luminosa, me pareció tan desesperada y tan oscura, tan impenetrable para el pensamiento, tan poco misericordiosa con la miseria humana. «Y, como es natural, desde entonces lo ha seguido fielmente, ¿no?», dije.

'Al contrario. Parece que su relación se había roto muchas veces por una cosa o por otra. Me dijo con orgullo que se las había apañado para cuidar a Kurtz en dos ocasiones en que había enfermado. Se refería a eso como un alpinista a sus hazañas; pero, por lo general, Kurtz siempre se iba solo a las honduras de la selva. «Muchas veces que venía a la Estación tenía que esperar días y días a que volviera», dijo. «¡Ah, pero merecía la pena esperar!… algunas veces». «¿Qué hacía? ¿Explorar o algo por el estilo?», pregunté. «Oh, sí, sí. Sí… desde luego»; había descubierto muchos poblados, e incluso un lago; aunque el ruso no sabía en qué dirección exactamente; según él, era peligroso preguntarle demasiado. Aunque Kurtz salía fundamentalmente a buscar marfil. «Pero por entonces ya no tenía nada para intercambiar por los colmillos», le objeté. «Aún quedan muchos cartuchos», contestó mirando hacia otro lado. «¡Ajá! Hablando claramente: el buen Kurtz saqueó el país», dije. Él asintió con la cabeza. «¡No lo haría solo, supongo!». Balbuceó algo acerca de los poblados que rodeaban a aquel lago. «Así que el buen Kurtz consiguió que la tribu lo siguiera, y él encabezaba las razias, ¿no?», sugerí. Se puso nervioso y empezó a removerse. «Lo adoraban», dijo. Esas palabras retumbaron de una forma tan extraordinaria que le clavé la mirada tratando de averiguar más.

Era curiosa esa mezcla de ganas y poca voluntad con que hablaba de Kurtz. Kurtz llenaba su vida, ocupaba todos sus pensamientos, dirigía todas su emociones. «¿Qué esperaba?», estalló; «llegó hasta ellos con el rayo y el trueno, ya sabe… Y nunca habían visto nada así. Ni tan terrible. Puede ser muy terrible. No se puede juzgar al señor Kurtz como se juzga a los hombres corrientes. ¡No, no, no! Fíjese –sólo para que se haga una idea, no me importa decírselo– una vez quiso darme un tiro; pero no lo juzgo». «¡Pegarle un tiro!», grité. «¿Por qué?». «Bueno, yo tenía un montoncito de marfil que me había dado el jefe del poblado que había junto a mi casa. Es que yo iba a cazar para ellos, ¿sabe? Bueno, pues Kurtz quería el marfil, y no atendía razón ninguna. Aseguró que me mataría a menos que le diera el marfil y luego abandonara la región, porque podía hacer esas cosas, porque se le antojaba hacerlo, y porque nada en la tierra le iba a impedir volarme la cabeza si a él le apetecía. Y también eso era verdad. Le di el marfil. ¡Qué me importaba! Pero no me fui a otra parte. No, no. Yo no podía abandonarlo. Tendría que tener cautela, desde luego; hasta que pasara un tiempo y volviéramos a ser amigos. Fue entonces cuando le vino su segunda enfermedad. Después tuve que andar con cuidado para no cruzarme con él, pero no me importaba. La mayor parte de ese tiempo, Kurtz vivió en los poblados del lago. Cuando volvió al río se fijaba en mí unas veces, y otras más me valía tener cuidado. El señor Kurtz ha sufrido mucho. Odiaba todo esto y, pese a ello, no podía marcharse. Cada vez que tenía ocasión le rogaba que intentase irse mientras aún estaba a tiempo; incluso le ofrecí volverme con él. Me decía que sí, pero luego se quedaba; salía a buscar más marfil; desaparecía semanas enteras; se perdía entre esa gente. Perderse, olvidarse de sí mismo, ¿me entiende?». «¡Vaya!, ese tipo está como una cabra», dije. Pero él protestó con indignación. El señor Kurtz no podía estar loco. Si lo hubiera oído hablar sólo hacía cuarenta y ocho horas, no me hubiera atrevido ni a sugerirlo… Yo había vuelto a coger los gemelos mientras hablaba, y estaba mirando la costa y barriendo los alrededores de la casa. Saber que tras esos arbustos había gente callada y quieta, tan callada y quieta como la misma casa, me hizo sentirme incómodo. La naturaleza no mostraba ningún signo de este asombroso relato que, más que contado, se me sugería mediante exclamaciones desoladas, encogimientos de hombros, frases inconclusas, huellas que llevaban a suspiros hondos. La maleza no se movía, igual que una máscara. Pesada, como la puerta de una cárcel; y con el mismo aire de sabiduría oculta, paciente espera y silencio inaccesible. El ruso me estaba explicando que no hacía mucho que Kurtz había vuelto al río, trayendo consigo a los guerreros del lago. Había estado fuera varios meses –haciéndose adorar, supongo– y había vuelto cuando menos se lo esperaba, según parece con la intención de seguir sus correrías río abajo y en la orilla opuesta. Evidentemente, la avidez por el marfil había acabado prevaleciendo sobre… ¿cómo lo diría?… las inquietudes más espirituales. Sin embargo, se puso de repente mucho peor. «Me enteré que yacía desamparado, así que me vine. Era mi oportunidad», dijo el ruso. «Está mal, muy mal». Enfoqué los gemelos hacia la casa. No había señal de vida, pero ahí seguían el tejado en ruinas, la larga pared de adobe dominando la hierba, con tres ventanas cuadradas distintas; todo como si pudiera tocarlo con la mano. Y entonces hice un movimiento brusco y uno de los hincos que habían sobrevivido de la cerca entró de un salto en el campo de los gemelos. Recordaréis que os dije que en la distancia, me habían chocado ciertos intentos de ornamentación insólitos en medio de ese abandono. Ahora tenía un punto de vista más favorable, y su resultado inmediato fue hacerme echar bruscamente atrás la cabeza, como si me hubieran dado un puñetazo. Después fui con los gemelos despacio de poste a poste, y vi mi error inicial. Los pomos redondos no eran ornamentales, sino simbólicos; eran expresivos y desconcertantes, chocantes y estremecedores. Eran alimento para el pensamiento; pero también para los buitres, si hubiese habido alguno mirando hacia abajo desde el cielo; en todo caso, lo eran para las hormigas que se tomaran el trabajo de subir. Esas cabezas pinchadas habrían sido más impresionantes aún de no haber estado con las caras vueltas hacia la casa. Sólo una, la primera que vi, estaba mirando en mi dirección. La verdad es que no estaba tan afectado como podáis pensar. En realidad, el respingo que había dado poco antes no fue más que un movimiento de sorpresa. Me esperaba un pomo de madera, eso es todo. Volví deliberadamente a la primera que había visto; y ahí estaba, negra, reseca, hundida, con los párpados bajos; una cabeza que parecía dormida en la punta de esa pértiga; y, con los labios encogidos mostrando una estrecha línea de dientes, sonreía… Sonreía sin parar ante algún chiste incompleto del sueño eterno.

'Como os dije antes, no estoy descubriendo ningún secreto comercial. De hecho, el mismo Jefe dijo más tarde que los métodos de Kurtz habían arruinado el departamento. Sobre eso no opino, pero quisiera que entendieseis claramente que aquellas cabezas cortadas no tenían ninguna utilidad. Solo demostraban que Kurtz no sabía contenerse en la satisfacción de sus deseos, que le faltaba algo insignificante, una especie de resorte que, cuando hacía falta pulsarlo, no se encontraba bajo su magnífica elocuencia. No sé si conocía esta deficiencia suya. Creo que, al fin –sólo al fin– llegó a conocerla. Pero la naturaleza había raptado a Kurtz demasiado pronto, y se estaba tomando en él una venganza terrible por todas nuestras invasiones. Creo que la selva le había susurrado al oído verdades que no sabía, sonidos que antes jamás había oído hasta que se encerró en su propia soledad. Y esos susurros eran irresistiblemente fascinantes. Encontraron eco en él, porque él estaba hueco hasta en los tuétanos… Dejé de mirar con los gemelos y, entonces, la cabeza que había visto tan cerca dio de pronto un salto para colocarse otra vez muy lejos.

'El admirador incondicional de Kurtz se había quedado un poco mohíno. Con voz apresurada y sin matices empezó a asegurarme que no se había atrevido a quitar esos, digamos, símbolos. No era por miedo a los nativos. Los nativos no iban a mover un dedo si el señor Kurtz no daba la orden. Su influencia era extraordinaria. Los poblados rodeaban el lugar, y sus jefes se acercaban diariamente a rendirle pleitesía. Se arrastrarían ante él si llegara el caso… «¡No quiero saber nada de las ceremonias que usan esos negros para lamerle el culo a Kurtz!», le espeté de un grito. Es curiosa la sensación que tuve entonces de que tales detalles serían más intolerables incluso que las cabezas resecas que Kurtz se había puesto bajo la ventana. Después de todo, eso era sólo una decoración salvaje, mientras yo había entrado de golpe en un mundo sin luz de horrores más sutiles, donde el salvajismo puro y simple era un alivio, algo con un derecho obvio a tener un lugar al sol. El joven me miró con auténtica sorpresa. Supongo que ni podía pasársele por la cabeza que Kurtz no era ningún ídolo para mí. Se le olvidaba que yo no había oído ninguno de esos espléndidos monólogos sobre… ¿sobre qué eran?… sí, sobre el amor, la justicia, o qué sé yo. Si él también se arrastraba ante Kurtz, la verdad es que se arrastraba como el más salvaje de por allí. Claro que, según dijo, yo no tenía ni idea de las circunstancias: esas cabezas eran cabezas de rebeldes. Supongo que otra vez le sorprendió que me partiera de risa. ¡Rebeldes! ¿Cuál sería la próxima definición que iba a tener que aguantar? Aquellos negros habían sido «enemigos», «criminales», «trabajadores»… y ahora eran «rebeldes». La verdad es que esas cabezas tan rebeldes parecían ya muy modositas. «No sabe usted cómo esta vida pone a prueba a un hombre como Kurtz», recitó su último discípulo. «Ya; y usted sí lo sabe, ¿verdad?», le dije. «¡Yo! ¡Yo! Yo soy un simple mortal. Yo no tengo pensamientos elevados. Yo no quiero nada de nadie. ¿Cómo se le ocurre compararme a…?». Los sentimientos le excedieron a las palabras, y de pronto se derrumbó. «No entiendo», gimió. «He hecho lo que he podido para mantenerlo vivo, y eso ya es bastante. No tengo arte ni parte en todo esto. Ni habilidades ni recursos. Aquí no ha habido ni una medicina, ni una cucharada de comida propia para enfermos en varios meses. Al señor Kurtz lo han tenido abandonado de una manera vergonzosa. Un hombre como él, con sus ideas… ¡De vergüenza! ¡De auténtica vergüenza! Yo… yo… llevo diez noches sin dormir…».

'Su voz acabó disolviéndose en la tarde tranquila. Las sombras que alargaban el bosque resbalaban colina abajo, más allá de la cabaña hundida, bajo la simbólica hilera de estacas, mientras nosotros hablábamos en el barco. Todo aquello ya estaba en sombra, pero el sol todavía nos bañaba a nosotros, y el tramo del río que había ante la Estación brillaba con serenidad deslumbrante entre dos recodos sombríos. No se veía un alma. No se movía una hoja.

'Entonces, como si hubieran brotado de la tierra, apareció un grupo tras la esquina de la casa. Iban hundidos en hierba hasta la cintura, llevando una camilla improvisada. Al instante, se alzó un grito de lo que parecía el paisaje vacío con una agudeza tal que perforó el aire como una flecha volando hacia el corazón de aquella tierra; y luego, como por ensalmo, borbotones de seres humanos, de seres humanos desnudos con lanzas, con arcos, con escudos… con miradas agrestes y movimientos salvajes, fueron anegando el claro del bosque ante el ceño nocturno y pensativo de la selva. Por un instante, se removieron los arbustos y onduleó la hierba; luego todo volvió otra vez a su inmovilidad alerta.

'«Si ahora él no dice la palabra adecuada, somos todos hombres muertos», dijo el ruso. El grupo de blancos que llevaba la angarilla se había parado en seco, como petrificado, a medio camino de la orilla. Vi sentarse, famélico y con un brazo en alto, al que iba en ella. «Bueno, esperemos que el hombre que tan bien habla del amor —en general, claro— encuentre alguna razón convincente para ahorrarnos esa incomodidad», dije. Lamenté amargamente el peligro absurdo de nuestra situación, como si estar a merced de ese fantasma atroz hubiera sido un deshonor inevitable. No pude oír nada, pero con los gemelos vi un brazo delgadísimo en gesto de mando, una mandíbula que se movía, y los ojos de esa aparición ardiendo al fondo de un cráneo huesudo que se movía grotescamente. Kurtz, Kurtz… eso significa «corto» en alemán, ¿no? Bueno, el nombre era tan verdad como cualquier otra cosa de su vida… o de su muerte. Medía más de dos metros. Iba destapado con la sábana arrastrando, y emergía de ella, como de un sudario, lastimosamente. Podían verse cómo le subían y bajaban las costillas; y los huesos del brazo que estaba moviendo. Parecía como si un autómata de marfil disfrazado de muerte hiciera amenazadores gestos mecánicos a una multitud de bronce inmóvil. Vi su descomunal boca abierta, un aspecto misteriosamente voraz, como si fuese a tragarse todo lo que tenía por delante. Una voz profunda me llegó de lejos. Debía estar gritando. Se derrumbó. La camilla se puso otra vez en movimiento, y casi al mismo tiempo la horda de negros fue desapareciendo sin ningún movimiento perceptible de retirada, como si la selva que los había insuflado los aspirase otra vez.

'Algunos de los peregrinos que iban tras la camilla llevaban sus armas. Dos revólveres, un rifle y una carabina: los rayos tonantes de un Júpiter penoso. El Jefe avanzaba inclinado sobre Kurtz, diciéndole algo al oído. Al llegar, lo pusieron en una de las cabinas pequeñas, apenas un espacio para un catre y un taburete o dos, ya sabéis. Le habíamos traído la correspondencia atrasada, y casi toda la cama estaba cubierta por un montón de sobres rotos y cartas desplegadas. Con una mano débil revolvía esos papeles. Me había impactado el brillo de sus ojos y la languidez contenida de su expresión. Allí no había solamente la consunción de una enfermedad. De hecho, no parecía estar sufriendo. Era un alma sosegada y calma, como si ya estuviese hastiada de emociones.

'Abanicó el aire con una de las cartas, y dijo mirándome, «Me alegro de conocerlo, me alegro mucho». Alguien le había escrito sobre mí. Las recomendaciones especiales atacaban de nuevo. Me sorprendió el chorro de voz que le salió sin esfuerzo, sin tomarse la molestia de mover los labios. ¡Tenía una voz! ¡Qué voz! Era grave, gruesa, vibrante, pese a que salía de un cuerpo incapaz de un susurro; sin embargo, había en él bastante fuerza, aunque fuera ficticia, para acabar con todos nosotros.

'El Jefe apareció sin ruido en la puerta; salí fuera en cuanto lo vi, y él corrió la cortina cuando pasé. Mientras, examinado con curiosidad por los peregrinos, el ruso miraba a tierra. Seguí la dirección de su mirada.

'A lo lejos se veían formas humanas oscuras, parpadeando nítidas en el borde de la selva; y cerca del río, apoyadas en lanzas largas, había otras dos al sol con fantásticos tocados de piel de leopardo, aspecto de guerreros y reposo escultural. Y, de derecha a izquierda en esa costa aún soleada, apareció una mujer llamativa y salvaje.

'Iba vestida con telas de rayas, dando con orgullo pasos cortos entre tintineos y destellos de alhajas bárbaras. Tenía la cabeza altiva, con un peinado en forma de yelmo; llevaba polainas de latón que les llegaban hasta las rodillas, y guanteletes de hilo metálico hasta los codos, un lunar púrpura en la mejilla oscura, innumerables collares y amuletos que le colgaban meneándose a cada paso. Llevaría encima el valor de varios colmillos de elefante. Era primitiva y superior, con una magnífica mirada selvática; avanzaba con majestuosidad amenazante. Y el silencio que de pronto se había abierto sobre la tierra afligida, toda la naturaleza y todo el cuerpo ciclópeo de la vida misteriosa y fecunda, parecía haberse vuelto hacia ella y estar mirándola, meditabundo, como si contemplase la imagen de su propia alma apasionada y tenebrosa.

'Llegó junto al vapor y se quedó allí quieta, encarándonos. Su sombra alargada llegaba hasta el agua. Junto a un dolor mudo mezclado con el miedo a una indecisión con la que luchaba, un pesar salvaje se reflejó en su expresión feroz y trágica. Permaneció allí mirándonos sin un temblor y, como la selva misma, con aire de estar meditando un propósito inescrutable. Pasó un minuto, y luego dio un paso. Sonó un clinclín metálico, se vio un destello de metal dorado, una ola de telas rayadas, y luego se paró como si el corazón no la empujara lo suficiente. El joven ruso gruñó. Los peregrinos murmuraron algo tras de mí. Nos miró a todos como si su vida dependiese de la firmeza de esa mirada. De pronto, abrió los brazos desnudos y los elevó rígidos, como si la aupara un deseo incontrolable de tocar el cielo, y al mismo tiempo las sombras de esos brazos salieron de la orilla, sobrenadaron el agua y enlazaron al barco en un abrazo sombrío. Todo estaba en silencio.

'Se volvió despacio, echó a andar por la orilla y desapareció entre los arbustos de la izquierda. Desde las penumbras de la maleza miró hacia atrás una única vez.

'«Si llega a intentar subir a bordo, le disparo», dijo nerviosamente el ruso de los remiendos. «Me he estado jugando la vida todos los días de la última semana para mantenerla lejos de la casa. Un día logró entrar y organizó una bronca acerca de estos miserables harapos que cogí del almacén para remendarme la ropa. Yo no era honrado. Por lo visto, debía estar diciendo esas cosas, porque le estuvo hablando al señor Kurtz como una furia durante más de una hora. No sé, no entiendo el dialecto de esta tribu. Afortunadamente para mí, el señor Kurtz estaba ese día demasiado enfermo para hacerle caso, porque si se lo hace habría habido problemas. No entiendo nada… No. Es demasiado para mí. Bueno, ya se acabó todo».

'Entonces se oyó la voz grave de Kurtz gritándole al Jefe tras la cortina: «¡Salvarme! ¿A mí? Querrás decir salvar al marfil. ¡Salvarme! No me cuentes historias. He sido yo el que ha tenido que salvaros. Has venido para interrumpir mis planes. ¡Enfermo! ¡Enfermo! No tan enfermo como te gustaría creer. No importa. Aún puedo llevar a cabo mis ideas. Volveré. Os demostraré todo lo que puede hacerse aquí, imbéciles con mentalidad de tenderos… Me estáis estorbando. Volveré. Tengo que volver. Yo…».

'El Jefe salió. Me hizo el altísimo honor de tomarme el brazo y llevarme aparte. «Se está apagando… Apagando», dijo. Le pareció imprescindible desgarrar un suspiro, pero se le olvidó un sentimiento consecuente. «Hemos hecho todo lo que hemos podido, ¿no es verdad? Pero ya no es el caso de seguir engañándonos. La verdad es que el señor Kurtz le ha causado a la Compañía más daños que beneficios. No entendía que aún no están los tiempos para intervenciones enérgicas. Con cautela, con cautela, ése es mi lema. Todavía tenemos que ser cautos. Ahora habrá que cerrar temporalmente este departamento. ¡Es deplorable! En general, el comercio va a resentirse. No niego que se ha recogido una cierta cantidad de marfil… Fósil, en su mayor parte. Eso hay que salvarlo, desde luego; pero fíjese ahora que precaria es nuestra posición. ¿Y por qué? Porque el método es erróneo». Sin dejar de mirar a la costa, le pregunté: «¿Lo llama usted "método erróneo"?». «Sin la más mínima duda», dijo muy convencido; «¿usted no?». «Yo no lo llamaría "método" en absoluto», dije tras un momento. «¡Exacto!», dijo eufórico. «Eso mismo decía yo. El comportamiento del señor Kurtz muestra una completa falta de juicio. Es mi obligación consignarlo en el correspondiente informe». «Oh», dije, «ese muchacho… ¿como se llama?, el fabricante de ladrillos, seguro que le ayudará a redactarlo». Durante un momento se quedó cortado. Yo nunca había tenido antes que respirar en una atmósfera tan vil y, en busca de alivio —realmente lo hice en busca de alivio— volví la conversación hacia Kurtz. «No obstante, creo que Kurtz es un hombre extraordinario», dije con énfasis. Dio un respingo, luego me dejó caer su típica mirada fría y dijo casi entre dientes: «Lo era», y se fue. Había dejado de caerle bien; pasé al pelotón de Kurtz, donde me considerarían un partidario de métodos para los que «aún no están los tiempos» preparados: también mi parecer era «erróneo». ¡Ah!, pero al menos sentí el alivio de poder elegir mis propias pesadillas.

'En realidad, al volver a hablar de Kurtz, yo intentaba regresar a la naturaleza, no exactamente a Kurtz, que tenía tanto futuro como si ya estuviera enterrado. También a mí, durante un momento, me pareció estar enterrado en un mausoleo lleno de secretos indecibles. Sentía una losa oprimiéndome el pecho, olores de ciénaga, la invisible presencia de la podredumbre triunfante, la oscuridad de una noche impenetrable… El ruso me dio un toquecito en el hombro. Lo oí balbuceando y tartamudeando algo de «hermano marinero… No pude ocultar… Cosas que afectarían la reputación del señor Kurtz…». Yo esperaba. Evidentemente, para él Kurtz no estaba aún en la tumba; es más: me temo que consideraba a Kurtz simplemente inmortal. «¡Bueno!», dije al fin, «hable. En cierto modo, también yo soy amigo de Kurtz».

'Dejó bien claro, muy formalmente, que si no hubiésemos sido «de la misma profesión», habría mantenido la cosa en secreto sin preocuparse de las consecuencias. Sospechaba que no lo veían con buenos ojos esos blancos que… «Está usted en lo cierto», lo interrumpí, recordando cierta conversación. «El Jefe piensa que a usted deberían ahorcarlo». Al principio me divirtió ver su reacción a esto. «Quizás lo mejor sea que me quite de enmedio en silencio», dijo con mucha seriedad. «Ya no puedo hacer más por el señor Kurtz. Y ellos podrían encontrar pronto cualquier excusa para ponerme una soga al cuello. ¿Qué iba a detenerlos? A unas trescientas millas hay una guarnición…». «Bueno», dije, «quizás sea lo mejor si tiene amigos entre esos salvajes de por ahí». «Muchos», contestó. «Son gente simple. Y yo no necesito nada, la verdad». Se quedó mordiéndose el labio; luego dijo: «No quiero que les pase nada a estos blancos, pero por supuesto tengo que pensar en la fama del señor Kurtz.

Usted es de la hermandad marinera y…». «Está bien», dije después de un momento. «La reputación del señor Kurtz estará a salvo mientras yo la guarde». No sabía lo en serio que estaba hablando.

'Bajando la voz, me contó que nos habían atacado por orden de Kurtz. «Odiaba a veces la idea de que se lo llevaran. Y otras veces… Pero yo no entiendo estas cosas. Soy un hombre simple. Pensó que os asustaría… Que lo dejaríais; que creeríais que ya estaba muerto y el barco se volvería. No pude pararlo. He tenido un mes horrible, con todas estas cosas». «Muy bien», dije. «Kurtz ya está bien». «Sí…», murmuró no muy convencido. «Gracias por decírmelo», dije yo; «tendré los ojos bien abiertos». «Pero tranquilo, ¿eh?», dijo con ansiedad. «Sería terrible para su reputación si alguien de aquí…». Le prometí, con toda la solemnidad de que fui capaz, absoluta discreción. «Tengo una canoa y tres negros esperándome no muy lejos. Me largo. ¿Podría darme algunos cartuchos de fusil?». Podía, y se los di, con las reservas propias del caso. Luego cogió él mismo, giñándome, un pellizco de mi tabaco. «Entre marinos, ya sabe, buen tabaco inglés». Cuando ya estaba fuera, se volvió: «Por cierto, ¿no tiene un par de zapatos de sobra?». Levantó una pierna. «Mire». Llevaba los pies desnudos, con unas suelas amarradas con cuerdas. Rebusqué un par que miró arrobado antes de metérselos bajo el brazo. Un bolsillo –rojo brillante– iba reventando de cartuchos; del otro –azul marino– asomaba la Investigación… etc. etc., de Towson. Se imaginaría excelentemente bien equipado para un reencuentro con la selva. «¡Ah!, nunca, nunca voy a encontrarme a un hombre así otra vez. Debería haberlo oído recitar poesía… Suya propia, según me dijo. ¡Poesía!». Se le caía la baba recordando esas delicias. «¡Sí… Me ensanchó la mente!». «Adiós», le dije. Me dio la mano y se perdió en la noche. Algunas veces he dudado si realmente lo vi alguna vez, o si encontrarse a un caso así es realmente posible…

'Poco después de la media noche me desperté recordando su advertencia, con su sugerencia de peligros que, bajo el cielo estrellado, parecían lo suficientemente verosímiles como para hacer que me levantara a echar un vistazo. Había una hoguera en la colina que a ratos iluminaba una esquina torcida de la casa. Uno de los agentes, con un piquete de nuestros negros, velaba al marfil; pero, más adentro, unos reflejos rojos móviles que se hundían y alzaban entre fustes de negro intenso, señalaba la posición exacta donde el campamento de los adoradores de Kurtz esperaban insomnes. El ritmo monótono de un tambor llenaba el aire de sonidos esponjosos y vibraciones demoradas. Un continuo sonsonete de tarareos que canturreaban jaculatorias sobrenaturales salía del negro muro del bosque como el zumbido de las abejas sale de una colmena, y produjo sobre mis sentidos adormilados un extraño efecto narcótico. Me parece que incluso llegué a quedarme traspuesto apoyado en la borda hasta que un abrupto estallido de gritos, una erupción desbordante de un frenesí reprimido, me despertó dejándome en un asombro desconcertado. Se calló de pronto, y el zumbido siguió y siguió como un silencio audible y sosegado. Casualmente, miré hacia la cabina de Kurtz. Había luz, pero él no estaba allí.

'Creo que habría dado un grito si de verdad hubiera creído lo que veían mis ojos. Pero al principio no los creí, de imposible que parecía todo. El hecho es que un miedo vacío, puro terror abstracto que no tenía nada que ver con lo físico, me acobardó por completo. Lo que lo hizo tan poderoso fue, ¿como decirlo?, el impacto moral que recibí, como si un monstruo, algo intolerable para la mente y odioso para el alma, se me hubiera venido de pronto encima. Por supuesto, esto sólo duró dos décimas de segundo. En seguida volvió la cotidiana vulgaridad, la omnipresente sensación de peligro mortal, la permanente posibilidad de una degollina imprevista. La convivencia con la muerte. Esto último me calmó tanto, que ni siquiera di la voz de alarma.

'Reliado en un capote y sentado en una silla, un agente dormía en el puente cerca de mí. Los chillidos de la costa no lo habían despertado; roncaba ligeramente; lo dejé con sus sueños y salté a tierra. No traicioné a Kurtz. El destino no iba permitir que lo traicionara nunca. Estaba escrito que yo siempre sería leal a la pesadilla que había elegido. Me moría de ganas de enfrentarme solo —solo, digo— a esa sombra. Y aún hoy sigo sin saber por qué me molesta tanto compartir con otro la peculiar penumbra de esa experiencia.

'Tan pronto como llegué a la orilla vi un rastro ancho de hierba aplastada. Recuerdo que me alegró decirme a mí mismo, «No puede andar, va arrastrándose a gatas, ya lo tengo». La hierba estaba empapada en rocío. Avancé como un obseso, con los puños apretados. Supongo que me animaba la vaga idea de caer sobre él y molerlo a hostias. No sé. Tuve algunos pensamientos imbéciles. La tejedora de lana negra y su gato, que apareció al principio de esta historia, también se me interpuso en la imaginación pese a ser la persona menos adecuada para estar al final de mi búsqueda. Vi una hilera de peregrinos vomitando plomo al aire con los fusiles apoyados en la cadera. Pensé que ya no volvería más a mi barco, y me imaginé viviendo sólo y desarmado en esos bosques hasta una edad avanzada. En fin, pensaba tonterías así, ya sabéis. Y también recuerdo que confundí el ritmo del tambor con el ritmo de mi corazón; y que me gustó sentir su regularidad tranquila.

'Pese a esto, no me aparté del rastro; luego, me paré a escuchar. La noche estaba muy clara; era un espacio azul oscuro, salpicado de estrellas y rocío, en el que los objetos negros se percibían inmóviles. Noté que, delante de mí, se movía algo. Esa noche la intuición se me había vuelto certeza. Abandoné la pista inicial y corrí en un amplio semicírculo —creo, sinceramente, que riéndome para mis adentros— para ponerme por delante de ese estremecimiento ligero que había presentido... si es que había presentido algo. Estaba rodeando a Kurtz como cuando de niño jugaba al escondite.

'Llegué hasta donde estaba oculto, y lo hubiera pisado si no me escucha y se levanta. Se elevó como flama que sale de la tierra, suelto, pálido, largo, balanceándose un poco, vaporoso y callado; mientras se oían a mi espalda los murmullos que venían de la selva y se veían resplandores entretejerse entre las ramas. Le había ido al encuentro con mucha astucia; pero, ahora que lo tenía delante, recobré el sentido común y vi el peligro en su dimensión exacta. El riesgo no había pasado, ni mucho menos. Suponed que hubiera empezado a gritar. Apenas podía tenerse en pie, pero su voz era de lo más vigorosa. «Váyase. Escóndase», dijo en ese tono profundo. Era horrible. Eché la mirada hacia atrás. Estábamos a veinte yardas de la primera hoguera. Vi levantarse a una figura negra, caminar sobre sus piernas negras, agitar sus brazos negros sobre el fuego. Llevaba cuernos –de antílope, me parece– en la cabeza. Algún brujo, algún hechicero, sin duda: tenía bastante pinta de bestia para ser eso. «¿Está usted en sus cabales?», le susurré. «Completamente», dijo él levantando la voz para esa única palabra: me sonó lejana y, sin embargo, alta y audible, como una llamada a través de un megáfono. Si arma un poco de jaleo, estamos perdidos, pensé. Desde luego, esta no era una situación para resolverla a puñetazos, aparte de la aversión que sentía a golpear a esa sombra, a aquel ser atormentado y errante. «No tiene la más mínima posibilidad conmigo. Si hace algo, estará usted perdido», dije; «irremisiblemente perdido». Algunas veces, sabéis, uno tiene momentos de inspiración así. Dije las palabras exactas, aunque en realidad, Kurtz no podía estar más irremisiblemente perdido de lo que ya estaba en ese mismo momento, cuando poníamos los cimientos de una intimidad que debía durar, durar, durar hasta el final… Durar incluso más allá.

'«Tenía planes maravillosos», dijo con indecisión. «Sí», dije yo; «todo eso está muy bien, pero si intenta gritar voy a machacarle la cabeza con…». No había un maldito palo o piedra cerca. «Lo estrangularé», me corregí. «Ya había pisado el umbral de algo grande», insistió con una voz de plañidera tan triste que me heló la sangre en las venas. «Y ahora, gracias a ese estúpido…». «En cualquier caso su éxito en Europa está ya asegurado», le dije con convicción. No quería tener que estrangularlo, ya sabéis. Realmente hubiera sido un esfuerzo muy poco práctico. Sólo intentaba romper el conjuro mudo y espeso de la selva, que parecía arrastrarlo hacia su seno despiadado con el despertar de olvidados instintos brutales, o con el recuerdo de saciadas pasiones monstruosas. Estaba convencido de que era esto lo que lo había sacado del catre y lo llevó otra vez hacia la piel de la selva, el calor de las hogueras, el pulso de los tambores y el flujo zumbante de aquellos canturreos encantados; sólo esto había seducido a su alma indisciplinada más allá de las lindes de los deseos permitidos. Así que, ya veis, lo malo de mi situación no era que los negros me decapitaran –aunque de ese peligro también tenía una sensación muy vívida– sino el tener que tratarme con un ser al que no podía dirigirme en nombre de Dios o del Demonio. Lo único que podía, igual que aquellos negros, era invocarlo a él. A él mismo. A su propia degradación exagerada e increíble. No había otra cosa por encima o por debajo suya, y yo lo sabía. Se había desligado con una patada de todo lo terreno. ¡Maldito fuera!, incluso a la tierra misma la había reventado de esa patada. Estaba solo; ante él, yo ni siquiera sabía si estaba en el suelo o flotaba en el aire. Os he ido contando todo lo que nos pasó, repitiendo todas las frases que pronunciamos. Pero, ¿de qué sirve eso? Eran frases cotidianas, sonidos vagos y familiares que se intercambian todos los días. Las palabras las conocen todos. Y qué. ¿Hay algo más? Tras ellas yo veo también las sugerencias terroríficas de otras palabras que se oyen en sueños y otras frases que se dicen en las pesadillas. ¡El alma! Si alguien ha tenido que pelearse alguna vez con un alma, yo soy ese hombre. Y no estaba discutiendo con un loco ni mucho menos. Me creáis o no, su inteligencia era perfecta; concentrada, eso sí, en él mismo con una intensidad horrible, pero era una inteligencia perfecta; y ahí residía mi única oportunidad, dejando aparte, por supuesto, el cargármelo allí mismo; lo cual no era demasiado estratégico, teniendo en cuenta el inevitable ruido que hacen estas cosas. Pero su alma sí estaba loca. Al estar sola en la selva, se había asomado a mirar dentro de sí y, carajo, se había vuelto loca, palabra. También yo —por mis pecados, supongo— tuve que pasar la prueba de verla por dentro. Ningún elocuente discurso sería capaz de poner en entredicho la fe en la humanidad como lo hizo su estallido final de sinceridades. También él luchaba consigo mismo. Lo vi. Lo oí. Vi el misterio inconcebible de un alma sin fe, ni freno, ni miedo que, pese a todo, seguía luchando a ciegas contra sí. Mantuve bastante bien la cabeza; pero cuando al fin logré devolverle al catre, tuve que enjugarme la frente mientras las piernas me temblaban igual que si hubiera arrastrado media tonelada desde donde lo encontré. Y sin embargo, apenas lo había ayudado a andar, con su bracito alrededor de mi cuello... y no pesaba más que un niño.

'Cuando partimos a la mañana siguiente, la multitud de cuya presencia tras los árboles yo había sido consciente todo el tiempo, salió otra vez del bosque, llenó el claro, cubrió la pendiente, con una masa de cuerpos oscuros desnudos y palpitantes. Saturé un poco la caldera y luego viré río abajo; doscientos ojos siguieron las evoluciones espumeantes de aquel feroz demonio fluvial de cola terrible y aliento de humo. Delante de todos, tres hombres embadurnados de pies a cabeza con arcilla roja andaban sin parar arriba y abajo de la orilla. Cuando estuvimos a su lado, miraron al barco, estamparon los pies en la tierra, cabecearon con sus cornamentas, balancearon sus cuerpos escarlata; luego agitaron hacia el demoníaco vapor un ramo de plumas negras, una piel sarnosa con un rabo colgante, algo que parecía una calabaza seca; intermitentemente recitaban retahílas de palabras asombrosas que no parecían de una lengua humana; y los profundos murmullos de los demás eran como respuestas de fieles a aquella letanía satánica.

'Habíamos puesto a Kurtz en la cabina del piloto: allí corría más aire. Tumbado en la colchoneta, miraba a través del postigo. Hubo un torbellino de gente en la costa y apareció enmedio la mujer de mejillas morenas y peinado en forma de yelmo, que se precipitó hasta el borde del agua. Alargó las manos, gritó algo, y la turba salvaje coreó el grito sin tomar aliento.

'«¿Entiende usted esto?», le pregunté.

'Él siguió mirando más allá de mí, con ojos fieros y añorantes, con una expresión mezclada de deseo y odio. No me contestó al principio, pero en sus labios descoloridos –que poco antes se retorcían convulsionados– apareció una sonrisa, una sonrisa indefinible. «¿No voy a entenderlo?», dijo despacio, jadeando, como si le hubieran arrancado las palabras con un poder sobrenatural.

'Toqué la sirena. Lo hice porque vi a los peregrinos preparar sus rifles en cubierta con aire de disponerse a pasar un ratito divertido. El pito provocó el terror en esa masa de cuerpos apretados. «¡No! No los asuste todavía…», gritó desconsoladamente una voz en el puente. Tiré de la sirena una y otra vez. El grupo se fragmentó, y cada uno por su cuenta corrían, saltaban, se agazapaban, zigzagueaban y trataban de esquivar el pánico volandero de los pitidos. Los tres hombres de arcilla roja estaban en el suelo, con las caras hundidas en el polvo, como si los hubieran matado. Sólo la espléndida bárbara se quedó inmóvil y estiró trágicamente sus brazos desnudos hacia el río oscuro y, a la vez, reluciente.

'Y entonces ese montón de imbéciles del puente empezó su pequeña diversión, y yo no pude ver más por el humo.

'El agua marrón se alejaba del corazón de las tinieblas, arrastrándonos hacia el mar a doble velocidad de la que llevamos río arriba; y también la vida de Kurtz iba deslizándose, bajando, como una marea que vaciara su corazón hacia el mar del tiempo inexorable. El Jefe estaba muy tranquilo, sin angustias vitales ya, aunándonos a Kurtz y a mí con una mirada satisfecha: el «asunto» había concluido todo lo bien que se podía esperar. Yo veía acercarse el momento en que sería el único partidario del «método erróneo». También los peregrinos me miraban de reojo. Por decirlo de alguna manera, ya estaba catalogado con los muertos. Es extraño pensar cómo aceptaba yo esta imprevista asociación con Kurtz, esta elección de pesadillas que me había impuesto la tierra invadida por esos mezquinos y avariciosos fantasmillas.

'Kurtz discurseaba. ¡Qué voz! ¡Qué voz! Sonó bien hasta el final. Superó a sus propias fuerzas para ocultar la esterilidad de su corazón en soberanos pliegues de elocuencia. ¡Sí, luchó! ¡Ya lo creo que luchó! Los restos de su cerebro naufragado estaban acosados ahora por imágenes mediocres, imágenes de riquezas y fama que medraban servilmente entre sus dones de expresión noble y altiva. Mi novia, mi Estación, mi carrera, mis ideas…

Estos eran los temas de sus ocasionales delirios de sentimientos elevados. ¡Já! Aunque a veces la sombra del Kurtz verdadero se acercaba al camastro de este remedo hueco cuyo destino sería ser enterrado en mohos primigenios. Y tanto el amor diabólico como el odio a los misterios desvelados luchaban por poseer a esta alma saciada de impulsos primitivos, ávida de falsa fama, de distinciones vacías, de todas las huecas apariencias del poder y el éxito.

'Algunas veces era despreciablemente infantil. Quería que los reyes estuvieran esperándolo en estaciones de ferrocarril a las que él llegaba desde alguna lúgubre Ninguna parte donde había ido para realizar grandes cosas. «Usted demuéstreles que posee algo realmente útil y verá cómo no hay límites a la hora de reconocer sus habilidades», decía. «Por supuesto, hay que tener cuidado con la elección de motivos: motivos justos, siempre». Las orillas que eran siempre la misma orilla, los recodos que eran siempre iguales, desfilaban ante el vapor con sus multitudes de árboles centenarios que contemplaban impasibles a este mugriento fragmento de otro mundo: el barquito embajador del cambio, de la conquista, del comercio, de masacres, de bendiciones. Yo no dejaba de llevar el timón ni de mirar adelante. «Cierre el postigo», me pidió de pronto un día Kurtz; «No soporto ver eso». Cerré. Pasó un rato en silencio. «¡Ah pero todavía pienso exprimirte el corazón!», le gritó a la selva invisible.

'Como esperaba, hubo una avería y tuve que anclar cerca de un islote. En esta demora se descuajó la confianza de Kurtz. Una mañana me dio un paquete con papeles y una fotografía; todo atado con un cordón de zapato. «Guárdeme esto», dijo. «Ese loco peligroso» –se refería al Jefe– «es capaz de rebuscar entre mis cosas cuando yo no pueda mirarlo. Por la tarde volví a verlo. Estaba boca arriba con los ojos cerrados, y ya me retiraba en silencio cuando lo oí murmurar, «Vivir rectamente, morir, morir…». Me quedé escuchando. Pero no hubo nada más. ¿Estaba ensayando en sueños algún discurso, o eso era alguna cita de un artículo periodístico? En tiempos había escrito en periódicos, y pretendía hacerlo otra vez, «para propagar mis ideas. Es un deber».

'Kurtz era inaccesible; como una oscuridad que no se puede penetrar. Lo miraba como se miraría a alguien en el fondo de un pozo a donde nunca llega el sol. Pero por aquel entonces no tenía mucho tiempo para dedicarle a estas cosas, porque estaba ayudando al mecánico a desmontar los cilindros picados, a enderezar un eje, y otras cosas así. Vivía en medio de un lío infernal de óxido, limaduras, tuercas, tornillos, llaves, martillos, trinquetes… cosas que abomino, porque no me llevo bien con ellas. Atendía la pequeña fragua que afortunadamente teníamos a bordo; me pasaba el tiempo trabajando fatigosamente en un maldito montón de chatarra a menos que ese día tuviese demasiados escalofríos para estar de pie.

'Una noche que entré en la cabina con una vela, me asustó oírle decir trémulamente, «Por fin estoy aquí, en la oscuridad, esperando a la muerte». Ya debía haberme visto: la luz estaba a menos de un pie de su cara; así que me forcé a decir. «¡Oh, tonterías!» y me quedé a su lado como amortecido.

'Nunca había visto nada parecido al cambio que entonces se produjo en sus rasgos… Y espero no verlo nunca más. Oh, no me conmoví. Me fascinó, eso es todo. Fue como si de pronto se descorriera un velo. En aquel rostro de marfil vi las expresiones del orgullo sombrío, del poder despiadado, del terror pánico, de una desesperación intensa. ¿Estaba rememorando su vida en cada detalle, en cada deseo, con cada tentación y cada impotencia en aquel momento supremo de conocimiento absoluto? Le gritó a alguna imagen, a alguna visión; gritó dos veces con un grito susurrado que no era más que un aliento…

'«¡El horror! ¡El horror!».

'Apagué la vela de un soplido y salí de la cabina. Los peregrinos estaban cenando, y yo me senté enfrente del Jefe, que levantó los ojos para obsequiarme con una mirada inquisitiva que ignoré hábilmente. Él se echó en el respaldo, sereno, con su típica sonrisa que sellaba las más inexpresables profundidades de su miseria. Una nube continua de mosquitos se estrellaba contra el quinqué, contra el toldo, contra nuestras manos y caras. De pronto, el asistente del Jefe asomó su insolente cabezota negra y dijo con desagradable desprecio:

'«Señó Kur, él muerto».

'Los peregrinos se levantaron en una exhalación y fueron a verlo. Yo me quedé, y seguí con la cena. Supongo que me consideraron brutalmente insensible. Sin embargo, no pude comer mucho. Me quedé porque allí había un quinqué –luz, ya me entendéis– y fuera estaba tan… bestialmente, bestialmente oscuro. No me acerqué más al cuerpo de quien fue capaz de emitir un juicio sobre los movimientos de su alma en esta tierra. La Voz se había ido. ¿Qué quedaba? Aunque, por supuesto, soy consciente de que al día siguiente los peregrinos enterraron algo en un boquete fangoso.

'Y, después, casi me entierran a mí.

'Sin embargo, ya veis que no me reuní con Kurtz allí ni entonces. No lo hice. Ya lo haré un día de estos. Pero, de momento, me quedé aquí para soñar la pesadilla hasta el final y demostrar una vez más mi lealtad a Kurtz. Sería mi destino. ¡El destino! La vida es un chiste: una disposición misteriosa de lógica implacable que al final lleva a… ¡un destino vano! Lo más que se puede esperar de ella es una buena cosecha de arrepentimientos inextinguibles junto a un cierto conocimiento de uno mismo… que siempre llega demasiado tarde. Yo he luchado contra la muerte. Es el esfuerzo menos interesante que os podáis imaginar. Ocurre en una atmósfera gris, sin suelo que pisar, sin nada alrededor, sin espectadores, sin vítores, sin gloria, incluso sin un gran deseo de victoria o un gran temor a la derrota, en un ambiente enfermizo de escepticismo tibio, sin fe en los propios derechos, y menos aún en los del enemigo. Si eso es la forma de la sabiduría final, entonces la vida es una adivinanza aún mayor de lo que algunos creen. He estado a un pelo de la última oportunidad de pronunciarme, y descubrí con humillación que probablemente no habría tenido nada que decir. Esta es la razón por la que afirmo que Kurtz era un hombre extraordinario. Él sí tuvo algo que decir. Y lo dijo. Como también yo me he asomado al borde después, entiendo mejor el significado de su mirada hipnotizada, que no podía ver la llama de una vela pero era lo suficientemente amplia para abarcar al universo entero, y lo bastante penetrante como para penetrar a todos los corazones que latían en la oscuridad. Juzgó y lo resumió todo en dos palabras: «¡El horror!». Era un hombre fuera de serie. Después de todo, esas dos palabras eran la expresión de una especie de fe: tenían convicción, tenían candor, en su susurro tenían la nota vibrante de la rebelión, tenían la cara espantosa de una verdad entrevista... esa mezcla extraña de deseo y odio. Y lo que mejor recuerdo en todo esto no es mi propia situación límite, ni mi visión de un gris sin forma lleno de dolor físico y desprecio desdeñoso por la evanescencia de todas las cosas, incluso del dolor mismo. ¡No! Es la situación límite de Kurtz la que me parece haber pasado. De verdad, él había dado el último paso, había pisado el mismo filo, mientras que a mí se me permitía retirar mi pie dubitativo. Y quizás en esto reside toda diferencia; quizás toda sabiduría, y toda verdad, y toda sinceridad, están contenidas precisamente en ese instante pequeñísimo en el que pasamos el umbral de lo invisible. ¡Quizás! Prefiero pensar que mi última recapitulación no habría sido una palabra de desprecio descuidado. Mejor su grito; mucho mejor. Era una afirmación, una victoria moral casi anulada por numerosísimas derrotas, terrores abominables, odiosas satisfacciones. ¡Pero una victoria! Esta es la razón por la que permanecí leal a Kurtz hasta el final, e incluso más allá, cuando mucho después oí de nuevo, no su famosa voz, pero al menos el eco de su elocuencia, que me devolvió otra alma tan translúcidamente pura como un acantilado de cristal.

'No, no consiguieron enterrarme, aunque a partir de entonces recuerdo el resto del viaje como entre brumas, como una maravilla escalofriante, como la travesía de un mundo sin esperanzas ni deseos. Casi sin darme cuenta, me encontré un día de nuevo en la ciudad sepulcral, fastidiado por el roce con gente que iba corriendo por las calles a sacarse un poco de dinero mutuamente, a engullir su infame comida, a tragar su insana cerveza y a soñar sus insignificantes sueños estúpidos. Invadían mis pensamientos y abusaban de mi mente. Me parecían intrusos cuya supuesta experiencia de la vida era para mí de una falsedad irritante, porque estaba completamente seguro de que nunca llegarían a saber lo que había conocido yo. Sus comportamientos, que eran simplemente los de la gente vulgar que se dedica a sus negocios con la garantía de una seguridad absoluta, me resultaban tan ofensivos como las ultrajantes jactancias que exhiben los insensatos ante los peligros que son incapaces de comprender. Carecía del más mínimo deseo de ilustrarlos, pero me resultaba muy difícil no reírme de sus feas caras infatuadas de estúpida suficiencia. Es posible que no me encontrara muy bien en esa época. Aún tenía algunas gestiones que hacer, y me pasaba el día pateando las calles riéndome con amargura en las mismas narices de personas que se merecían respeto. Admito que esos no son modales, pero por aquel entonces la temperatura de mi cuerpo rara vez era normal. Los esfuerzos de mi querida tía para «hacerme recuperar las fuerzas» tampoco parecían servir de nada. No necesitaba que se recuperaran mis fuerzas; necesitaba que se sosegara mi imaginación. Seguía teniendo el paquete de papeles que me había confiado Kurtz, aunque la verdad es que no sabía qué hacer con él. Su madre había muerto recientemente, cuidada, según me dijeron, por su novia.

Un funcionario muy bien afeitado, con gafas de oro y ademanes militares estuvo un día haciéndome preguntas, primero elípticas y luego educadamente apremiantes, acerca de lo que tuvo el gusto de denominar «ciertos documentos». No me sorprendí, porque allí ya había tenido dos broncas con el Jefe por esa misma cuestión. Me había negado a darle ni una migaja del paquete, y adopté la misma actitud con el tipo de las gafas doradas. Al final se volvió sombríamente amenazador, y arguyó muy excitadamente que la Compañía tenía derecho a toda la información que concernía a «sus territorios». Añadió que «los conocimientos del señor Kurtz sobre tierras aún vírgenes necesariamente serían grandes e interesantes, gracias a sus excepcionales dotes y las deplorables circunstancias a que se vio sometido: por tanto…». Le aseguré que los conocimientos de Kurtz, aunque «grandes e interesantes», no se referían precisamente a cuestiones de comercio o administración. Entonces invocó a la Ciencia. «Sería una pérdida incalculable que… etc. etc.». Le ofrecí entonces el Informe para la Eliminación de las Costumbres Salvajes, con la nota final previamente arrancada. Lo agarró con avidez, pero después de hojearlo lo apartó con un bufido de desprecio. «Esto no es lo que teníamos derecho a esperar», me dijo. «Pues ya no espere más», contesté. «Quedan sólo cartas privadas». Se retiró al fin amenazando con procedimientos legales y ya no lo vi más; pero otro individuo, que dijo ser primo de Kurtz, apareció dos días más tarde demostrando un gran interés en saberlo todo acerca de los últimos momentos de su querido pariente. Por casualidad, me dejó entender que Kurtz había sido ante todo un gran músico. «Tenía madera de triunfador», dijo este buen hombre –que según creo, era organista– dejando caer laciamente el pelo gris sobre un cuello de chaqueta grasiento. No tenía motivos para no creerlo; la verdad es que hasta hoy sigo sin poder decir cuál era la profesión real de Kurtz, si es que tenía alguna. No sé cuál era su mayor talento. Yo lo tenía por un pintor que escribía en los periódicos, o quizás por un periodista que sabía pintar. Pero incluso el primo —que tomaba continuamente rapé— no pudo decirme qué había sido en realidad Kurtz. Era un genio difuso. En este punto estuve de acuerdo con él, quien acto seguido se sonó ruidosamente la nariz con un gran pañuelo de algodón antes de irse con mucha agitación senil, llevándose algunas cartas de familia y notas sin importancia. Por último vino un periodista interesado en la suerte que había corrido su «querido colega». Me informó de que el ámbito apropiado de Kurtz debía haber sido la política «en su vertiente popular». Tenía una cejas peludas y tiesas, pelo cortado al cepillo y un monóculo sujeto con una cinta ancha; cuando tomó más confianza, llegó a confesarme que íntimamente creía que Kurtz no sabía escribir. «Pero, ¡cielos!, cómo hablaba ese hombre… Magnetizaba a las masas. Tenía fe, ¿me entiende?, lo movía la fe. Podía acabar creyéndose cualquier cosa, cualquier cosa. Hubiera sido un líder magnífico para un partido radical». «¿Qué partido?», pregunté. «Cualquiera», dijo él. «Era un… un… extremista». ¿No lo creía yo así? Asentí. Me preguntó si sabía qué lo había inducido a irse allí. «Sí, lo sé», contesté; y a continuación le alargué el famoso Informe para la Supresión… etc. etc., que se había dejado el otro, por si le parecía adecuado para publicarlo. Lo miró apresuradamente, sin dejar de murmurar todo el rato; luego dictaminó que «podría servir», y se fue con el botín.

'Así fue como me quedé sólo con un montón de cartas y el retrato de su novia. Me llamó la atención su belleza; quiero decir, que tenía una actitud bella. Ya sé que incluso la luz puede engañar también, pero en aquel caso sentía que ninguna manipulación de fotógrafo podría lograr el delicado aire de verdad que había en aquellos rasgos. Me parecía dispuesta a escuchar sin reservas mentales ni sospecha, sin un sólo pensamiento para sí. Llegué a la conclusión de que debería ser yo mismo quien fuese a devolverle las cartas y el retrato. ¿Curiosidad? Sí, desde luego; e incluso quizás también otro sentimiento. Todo lo que había pertenecido a Kurtz había pasado por mis manos: su alma, su cuerpo, su Estación, sus planes, su marfil, su carrera. Quedaba sólo su memoria y su novia. Y también quería devolverle eso al pasado, de alguna manera… rendir personalmente cuentas y dar al olvido, que es la etapa final de todo destino, lo que aún me quedaba de él. En realidad, no sabía claramente qué es lo que quería. Quizás era un inconsciente impulso de lealtad, o tal vez una forma de saciar esas necesidades irónicas que acechan en la existencia. No lo sé. No podría decirlo. Pero fui.

'Pensaba que el recuerdo de Kurtz era como cualquier otro recuerdo de un muerto: el difuso rastro en el cerebro que dejan las sombras en su último estertor; pero, entre otras casas de una calle tan tranquila y decorosa como el jardín de un cementerio, ante la enorme puerta, tuve una visión de Kurtz en la camilla, desencajando vorazmente la boca como si fuese a comerse la tierra con su humanidad. Estaba vivo ante mí; y revivió entonces como siempre había sido: una insaciable sombra de espléndidas apariencias y realidades espantosas; una sombra más negra que la noche más negra, noblemente arrebujada en los pliegues de una elocuencia soberana. Esta visión pareció que también entraba en la casa conmigo: la camilla, los porteadores del fantasma que iba en ella, la muchedumbre de salvajes adorantes, la oscuridad de los bosques, el resplandor de la orilla entre los dos recodos siniestros, el sonido del tambor, rítmico y húmedo, como un corazón… el alma de una oscuridad que seduce. Fue un breve momento de triunfo para la naturaleza, una carga vengativa e invasora que me pareció que yo debía contener si quería salvar otra alma. Y volvió el recuerdo de cuanto le oí decir allí, con las cabezas cornudas removiéndose detrás, a la luz de las hogueras, dentro de la paciente jungla…; sí, esas frases entrecortadas volvieron, las oí otra vez en toda su ominosa y terrorífica simplicidad. Recordé su pobre súplica, sus miserables amenazas, la magnitud colosal de sus viles deseos, la miseria, el tormento, la angustia atormentada de su alma. Y más tarde me pareció rememorar también su estilo lánguido y contenido, cuando me dijo un día, «Este último lote de marfil es mío ahora. La Compañía no lo ha pagado. Lo reuní yo mismo con grandes riesgos. Aunque me temo que también lo reclamarán como suyo. Mmm. Es un caso difícil. ¿Qué cree que debo hacer, resistirme? ¿Eh? Sólo pretendo justicia…». Sólo pretendía justicia, nada más que justicia. Toqué el timbre ante una puerta de caoba del principal y, mientras esperaba, sentí que me miraba desde el entrepaño pulido, con esa amplia e inmensa mirada suya que abarcaba a todo el universo, sentenciándolo y maldiciéndolo. Me pareció estar oyendo otra vez aquel murmullo que era un alarido: «El horror. El horror».

'Anochecía. Tuve que esperar en una sala de techo muy alto, con tres ventanas góticas que iban desde el suelo hasta arriba como tres columnas de luz. Las patas y respaldos de todos los muebles brillaban. La chimenea de mármol tenía una blancura monumental y helada. Un piano de cola se imponía desde su rincón, emitiendo destellos de barniz oscuro como un ataúd bruñido. Se abrió una puerta; luego se cerró. Me levanté.

'Avanzó, pálida y de negro, flotando hacia mí en el crepúsculo. Ya hacía más de un año de la muerte de Kurtz, más de un año que le habían llegado las noticias; pero mantenía el luto como si hubiese decidido llorarlo y recordarlo para siempre. Tomó mis manos con las suyas murmurando: «Había oído que iba a venir». Noté que no era demasiado joven… Quiero decir que no era una chiquilla: se le notaban capacidades para la fidelidad, la fe y el sufrimiento que sólo se dan con la madurez. La habitación se había oscurecido como si toda la tristeza de aquella tarde ventosa se le hubiese acumulado en la frente. El pelo rubio, la cara blanca, la pureza de sus sienes parecían rodeadas de un halo ceniciento desde el que me miraban sus ojos negros. Su mirada no tenía doblez, era intensa, confidente y confiada. Llevaba la cabeza apesadumbrada como si estuviese orgullosa de esa pesadumbre, como si fuese diciendo, «Yo, sólo yo sé llorarlo como se merecía». Pero mientras aún teníamos entrelazadas las manos, le invadió la cara tal aire de desolación que me di cuenta que pertenecía a la raza de quienes no son juguetes del tiempo. Para ella, Kurtz había muerto ayer. Y, carajo, la sensación era tan poderosa que también a mí me pareció que había muerto ayer. Ni siquiera ayer, entonces mismo. Los vi juntos en el mismo instante. La muerte de él y el dolor de ella; el dolor en el mismo momento que la muerte. ¿Entendéis? Los vi juntos, los oí juntos. Apenas en una inhalación breve, dijo. «He sobrevivido»; y al oírlo me pareció escuchar nítidamente, mezclado con su tono de remordimiento desesperado, el susurro recapitulador de la condenación eterna de Kurtz. Empecé a preguntarme qué demonios estaba haciendo allí, sintiendo un pánico como el que sentiría si me estuviera despeñando por un barranco de misterios absurdos y crueles que los humanos no deben encarar. Me llevó hasta una silla. Nos sentamos. Dejé suavemente el paquete en la mesita, y ella le puso una mano encima… «Usted lo conoció bien», murmuró tras un silencio triste.

'«La intimidad allí crece deprisa», dije. «Lo conocí todo lo bien que es posible para un hombre conocer a otro».

'«Y usted lo admiraba, ¿verdad?», dijo. «Era imposible conocerlo sin admirarlo, ¿no?».

'«Era un hombre notable», dije vacilantemente. Luego, ante la apabullante fijeza de su mirada, que parecía esperar más palabras, seguí: «Era imposible no…».

«Amarlo», sentenció convencida, dejándome hundido y mudo. «¡Qué verdad! ¡Qué verdad tan grande! ¡Y piense que nadie lo conocía como yo! A mí me hacía sus confidencias más nobles. Yo lo conocía mejor que nadie».

'«Usted lo conocía mejor que nadie», repetí. Y, quizás, incluso era verdad. Pero a cada palabra que decíamos la habitación se volvía más oscura, y sólo su frente, blanca y suave, seguía iluminada por la luz inextinguible del amor y la fe.

'«Usted era su amigo», siguió. «Su amigo», repitió un poco más alto. «Tenía que serlo de verdad, si él le dio esto para mí.

146

Siento que puedo hablarle... y... ¡oh!, debo hablar. Quiero que usted –usted que oyó sus últimas palabras– sepa que he estado a su altura. No es orgullo... O, mejor, ¡sí lo es! Estoy orgullosa de saber que lo entendí mejor que nadie en este mundo. Él mismo me lo dijo. Y desde que murió su madre no he tenido a nadie, a nadie, a quien... con quien...».

'Yo seguía escuchando. La oscuridad se acentuaba. La verdad es que ni siquiera estaba seguro de que Kurtz me hubiera dado los papeles que en realidad quería darme. Casi sospecho que pretendía que me hiciese cargo de otros legajos que, tras su muerte, vi examinar al Jefe bajo una lámpara. Pero ahí seguía ella, charlando y aliviando su pena segurísima de mi comprensión; hablaba como bebe un sediento. Yo había oído que su familia no aprobaba su compromiso con Kurtz. Decían que no era bastante rico, o alguna basura de esa. Y, en realidad, no sé si no había sido un pobre vergonzante toda su vida. Me había dado a entender que se fue de su ciudad acuciado por la impaciencia de dejar de tener menos dinero que otros.

'«...¿Quién que lo hubiese oído hablar una sola vez no sería su amigo para siempre?», estaba diciendo. «Le descubría a todos los hombres lo que había de bueno en ellos». Me miró intensamente. «Ése es el don de los grandes», siguió, y su voz tenía el acompañamiento de todos los sonidos misteriosos, desolados y dolidos, que había oído antes: las ondas del río, el susurro de los árboles mecidos al viento, la jerga de aquellas multitudes, el sonsonete desvaído de palabras incomprensibles gritadas a lo lejos, una voz hablando desde el umbral de las tinieblas eternas... «¡Pero usted lo oyó! ¡Usted sabe!».

'«Sí, yo sé», dije con el corazón anegado de algo parecido a la desesperación, pero reverente ante la fe que la redimía, ante la ilusión salvadora que –para ella– brillaba con reflejos sobrenaturales en medio de la oscuridad, de esa oscuridad triunfante que arrastraba y de la que no podría haberla defendido, de la que ni siquiera podía defenderme yo.

'«¿Qué pérdida para mí… Para nosotros!», se corrigió generosamente; y, luego, añadió en un susurro: «Para el mundo». Con las últimas luces del atardecer pude verle brillar los ojos, llenos de lágrimas. De lágrimas que nunca llegarían a rodar.

'«He sido muy feliz. Muy afortunada. Me he sentido muy orgullosa», siguió. «Demasiado afortunada. Demasiado feliz por poco tiempo. Y ahora ya soy infeliz para… para el resto de mi vida».

'Se levantó: y su pelo rubio pareció acumular en un relámpago dorado toda la luz que le quedaba al día. Yo también me levanté.

'«Y de todo eso», siguió, «de todas sus promesas, de toda su grandeza, de toda su generosidad, de toda su nobleza de corazón, no queda nada… Nada salvo el recuerdo. Usted y yo…».

'«Nosotros lo recordaremos siempre», dije con rapidez.

'«¡No!», gritó. «No es posible que todo se haya perdido. Que se haya sacrificado una vida así para no dejar nada… excepto dolor. Usted sabe los proyectos tan grandes que tenía. Yo también los conocía; aunque quizás no podía entenderlos, pero también los habían oído otros. Algo debe quedar. Al menos sus palabras no han muerto».

'«Sus palabras permanecerán», dije.

'«Y su ejemplo», se dijo casi a sí misma. «Muchos lo toma-ban por modelo. Su bondad brillaba en todos sus actos. Su ejemplo…».

'«Cierto», dije; «también su ejemplo. Sí, su ejemplo…, claro. Lo había olvidado».

'«Pero yo no lo olvido. No puedo… No puedo creerlo; toda-vía no. No puedo creer que ya no lo veré nunca más, que nadie volverá a verlo nunca, nunca, nunca».

'Extendió los brazos como si fuese a agarrar a alguien que se escapa, estirándolos, negros, entrelazando las manos hacia el res-plandor desvaído de la ventana. ¡No verlo nunca más!, decía. Yo, en cambio, sí podía verlo con toda claridad. Durante toda mi vida veré a ese elocuente fantasma; y también la veré a ella: una sombra trágica y ya familiar, muy parecida en sus gestos a otra, también trágica y adornada con amuletos inútiles, alargando sus brazos desnudos sobre el río infernal, el río de las tinieblas. Repentinamente, dijo muy bajo: «Murió tal como había vivido».

'«Su final», dije a contramí sintiendo que me invadía una rabia sorda, «fue en todo digno de su vida».

'«Y yo no estaba con él», murmuró. Al instante cedió mi rabia ante un sentimiento de piedad infinita.

'«Se hizo todo lo posible…», casi balbucí.

'«Ah, pero yo creí en él más que nadie en la tierra. Más que su propia madre, más que… él mismo. ¡Me necesitaba! ¡A mí! Yo hubiera atesorado cada suspiro, cada palabra, cada gesto, cada mirada».

'Sentí una tenaza de hielo retorcida en el pecho. «No lo haga», dije con una voz amortiguada.

'«Perdone, yo... He sufrido en silencio tanto tiempo... En silencio... ¿Estuvo usted con él en el último instante? He pensado mucho en su soledad en ese momento. No habría nadie a su lado para entenderlo como yo lo entendía. Quizás no había nadie incluso ni para oír...».

'«Yo estaba allí», dije estremeciéndome. «Oí sus últimas palabras...». Me detuve aterrorizado.

'«Repítamelas», murmulleó con el corazón machacado. «Quiero... quiero... algo... algo para... algo con lo que seguir viviendo».

'Estuve a punto de gritarle, «Pero, ¿no las oye?». El crepúsculo las repetía continuamente a nuestro alrededor, en un susurro que iba creciendo amenazadoramente, como las primeras rachas de un tifón. «¡El horror!, ¡el horror!».

'«Su última palabra... para seguir viviendo», insistió. «¿No entiende que yo lo amaba? Que lo amaba, ¡lo amaba!».

'Cooperé. Muy despacio, dije:

'«La última palabra que dijo fue... su nombre».

'Oí un suspiro breve, y luego mi corazón descansó, paralizado por un grito exultante y terrible, el grito del triunfo inconcebible y el dolor inenarrable. «Lo sabía... ¡Estaba segura!». Ella lo sabía. Ella estaba segura. La oí llorar; tenía la cara escondida en las manos. Me temía que la casa iba a hundirse antes de que pudiera escapar. Que el cielo se me iba a hacer astillas en la cabeza. Pero no pasó nada. El cielo no se derrumba por semejante tontería. Aunque me gustaría saber si se habría venido abajo caso de haberle hecho a Kurtz la justicia que se merecía. ¿No dijo una vez que quería «sólo justicia»? Pero no pude. No pude decírselo. Habría sido demasiado oscuro. Todo demasiado oscuro…'

Marlow se detuvo, y siguió sentado, en la pose de un Buda meditabundo, como otro objeto callado más. Durante un rato no se movió nadie. «Hemos desaprovechado el primer empujón de la marea», dijo de pronto el Director. Levanté la cabeza. El horizonte estaba bloqueado por nubarrones negros, y el tranquilo cauce que llevaba a todos los confines de la tierra fluía sombrío bajo un cielo encapotado… como si condujese al alma misma de otra negrura inmensa.

FIN

ÍNDICE

Esta tercera edición de
Alma negra de Joseph
Conrad, traducido por
Juan Luis Romero Peche,
número 1 de la colección
«Literatura Universal»,
terminó de imprimirse el
2 de enero de 2026